安顿尘心

张绍琴　著

北京日报出版社

图书在版编目（CIP）数据

安顿尘心 / 张绍琴著. — 北京：北京日报出版社，
2023.4

ISBN 978-7-5477-4477-2

Ⅰ.①安…　Ⅱ.①张…　Ⅲ.①散文集－中国－当代
Ⅳ.①I267

中国国家版本馆CIP数据核字（2023）第007339号

安顿尘心

出版发行：北京日报出版社

地　　址：北京市东城区东单三条 8–16 号东方广场东配楼四层

邮　　编：100005

电　　话：发行部：（010）65255876

　　　　　总编室：（010）65252135

印　　刷：北京军迪印刷有限责任公司

经　　销：各地新华书店

版　　次：2023 年 4 月第 1 版

　　　　　2023 年 4 月第 1 次印刷

开　　本：710 毫米 ×1000 毫米　1/16

印　　张：16.5

字　　数：213 千字

定　　价：69.80 元

目　录

第三辑　行走四季，浅醉流年

第一辑　红尘有爱，温柔以待

爱有所托

没有爱的生活如荒凉的沙漠。没有爱的心灵如同一池死水。没有爱，充其量只配叫活着。

但爱不是汲汲于名利，不是追求物质的丰裕，不是对金钱的渴求。人的欲望是永无止境的，如果不懂得适可而止，对物质、金钱、名利的爱会如饮鸩止渴，迟早有一天迷失自己，淹没于物欲横流的社会。日复一日营营役役地活着，直到大限来临，方知无一物属于自己，无一物能带走。赤条条地来又去，放眼望去，白茫茫一片真干净，一生竟无迹可寻，也没有美好的瞬间存留于弥留之际的大脑。你能说，这世界你曾来过吗？

不如现在就学会爱着点儿什么。

清居陈设，但有旷远人格；四时生活，却有情深至性。莳花弄草，一箪食一瓢饮，而不改其乐；拂尘临帖，一间屋一方桌，也足以逍遥。春日踏青，拾繁花放于案头，让书籍惹上几许清香；夏日雨来，烹一壶茶，读几页书，在饮茶和阅读中身心得到滋润，香气氤氲中，茶香与书香点点滴滴渗入，灵魂也带着几分香气；秋赏一季斑斓，拾几枚红黄叶子，端详轮廓，感悟叶脉的跳动，在风的低语中赏落叶之美，或东篱把酒黄昏后，感受古人的闲适与惬意；冬日踏雪，在梅香和白雪中品味"梅须逊雪三分白，雪却输梅一段香"，梅雪之胜皆入口，入鼻，入眼，入心。寓爱其中，家居陈设，四时日子，无不诗意无穷，其乐无穷。

爱有所托，才能培养发现美好的能力，而美好是有趣生活的开端。有趣的生活，源于内心深处保持的纯真，更源于投入爱后所发现的世间的新奇。

学会了爱，感悟到了爱，在细微之处和真实瞬间，把寻常日子过得诗意而美丽。一生一世的细水长流，其实就在这些小小的幸福和欢喜里。世界不缺少美，缺少的是发现美的眼睛。同样的道理，世界不缺少爱和美好，缺少的是感悟爱和发现美好的心灵。在日复一日的忙碌与焦灼中，我们不能内心麻木，丢掉与生俱来的对这个世界的纯真与好奇，把自己变得面目全非，不再能感受到爱，也不再具有爱的能力。每天只是机械地活着，忙碌着，而忘记了我们来到这个世上的初心。

爱有所托，必然是一个有着审美情趣与玲珑心思的人。这样的人即便是一日三餐，也懂得从生活重压里抽出身来，过得有滋有味、风生水起；自然懂得生活里的烟火日常，也能从这烟火里寻找美与趣；在方寸之间调和着人间五味，在热闹而温馨的吃食里，倾注对生活无尽的爱。正如汪曾祺笔下那个平平静静，没有大喜大忧，没有烦恼，无欲望亦无追求，天然恬淡，每天只是吃抻条面、拨鱼儿，抱膝闲看，带着笑意，拥有孩子一样天真眼睛的老人，他活成了庄子，这个老人有着庄子一样的爱。

爱，是有趣灵魂的底色。爱有所托，我们才会成为自己希望的那种拥有有趣灵魂的人。

爱有所托，在物欲横流的人世间，拂出一方空灵的净土。

爱有所托，在离开人世的时候，更加坦然："我来过这个世界。因为，我爱过。"

缘聚缘散

　　世间的一切，无从解释，只好归结于缘。

　　聚是缘，散也是缘，缘起缘灭，缘聚缘散，持平常心态，得恬淡人生。

　　他俩的认识源于我。他是我的中学同学，她是我的大学同窗。我不擅长组织聚会，也不太喜欢把时间花在三天两头的相聚上。于是我想出了高效率的聚会方式，每组织一次，便把必须召集的张王李赵约到一起，管他们认识与否，我是主人我做主。这样数次之后，我的中学和大学同学便相互熟络。他和她似乎也就相知胜我了。

　　都是离异之人，妩媚知性与温润雅致相遇，如同两种化学物质，难免发生反应，难免不衍生出一个故事。成年人的玩笑总是半真半假。他们从最初当着众人暧昧调情，到假装无意间的身体触碰，到牵手，到单独约会，进程与一般人无二，没有跳级，也没有留级。

　　作为他们各自的同学，总觉得对他们的感情负有一种道义上的责任，所谓的好感、相互吸引不过是各自体内的荷尔蒙在作怪罢了。他们初识源于我，永结同心、天长地久倒也罢了，倘若闻君有两意，故来相决绝，彼时做不了爱人，成了仇人，让我如何面对他们中的一人？

偏偏两人都不是纯情青年，也算不上长情之人。一个阅人无数，一个久经情场。谁弃了谁都有可能，在一个不大的城市生活，余生不可能永不相见。为求心安，我只好丑话说在前，让他俩最好不要开始，我真怕他们中的谁受伤。女生居然天真地反问："你怕我们中的谁受伤？"相见之错因我铸成，我不得不一而再再而三地苦言相告："最好不相知，如此便可不相思；最好不相爱，如此便可不相弃；最好不相许，如此便可不相续。"被爱冲昏头脑的两人哪里听得进我的劝言，热恋中眼里的对方光环无数，熠熠生辉，我的冷语直接被他们含情脉脉的眼神融化，后来反倒让他们说出别样的情话——不负将来不负卿。

后来，像所有处于多巴胺强烈分泌期的恋人，他们一日不见，如隔三秋，电话、视频不断，相见时恨不得每分每秒都黏在一起。我为自己看走了眼而打心眼里高兴，为他们历经沧海终于寻到适合自己的人而庆幸。愿得一人心，白首不相离，毕竟是绝大多数红尘男女对烟火生活的至美追求。

这样卿卿我我的日子持续了一个阶段，她对我说起他交往数年的女友偶尔还会来视频，不过被他迅速挂掉了；他好奇地问起我她商业伙伴的情况。后来，她说他们都不擅长厨事，虽然他为了她，努力学习，但第一次下厨就差点引发火灾。所谓情到浓时情转薄，渐渐地，没有真正融入柴米油盐日常的爱便如同没有植根于土壤的植物，终于日渐枯萎。好在，没有继续做恋人，他们仍然是朋友。这样的结局让我感到遗憾的同时多了一份心安，也让我对当初的极力反对产生了怀疑。谁也阻止不了真爱，正如春回大地，一朵花儿的倾情绽放。

缘来不拒，缘去不哀，花开而遇，花谢而终。缘来缘去皆随缘，随缘而安，顺其自然，或许才是最好的人生态度。

一场奔赴

不管是声势浩大，还是寂静冷清，奔赴都是一场山有木兮木有枝，心悦君兮君"可知"的恋，奔赴都是一段旷世美好的旅途。

最动人心魄的是大自然的奔赴。百花奔赴春之约，绿的绿，红的红，白的白，粉的粉，紫的紫，尽显妖娆，绚烂了整个季节；蜜蜂、蝴蝶奔赴百花之约，嘤嗡翩跹，热闹了飞过的幽径；烟雨奔赴山野之约，始有绿满春山的葱茏；溪流奔赴江河之约，终成海纳百川之浩瀚。

春有百花秋有月，夏有凉风冬有雪。完成了春天的奔赴，蝉鸣碧荷奔赴盛夏，明月黄叶奔赴静秋，白雪寒霜奔赴隆冬，在各自的奔赴中，时光转换，成就季节更迭独有的美。

想起当时年少春衫薄的奔赴。他是年轻的老师，她是青涩的学生。他给全班朗诵优美的文学作品，她在小作业本上写稚嫩的诗。怀揣小鹿，她鼓足勇气寻了一个机会请他点评。他云淡风轻地掠过炙热的情感，只对写作方法和语句的优美虚实做了海阔天空的评说。许多年后她早已不记得他说过的话，只记得经过他的窗，看到那一盏明灯，明灯的照耀，温暖了年少的孤清，抚慰了薄凉的时光。

想起青春的奔赴，既是关于理想的奔赴，又是一场情谊的连接，一个人与另一个人情分的奔赴。缘不知何起，一往而情深。两个女孩如何相识，早已忘记。但记得她们共同的目标，在深深浅浅的路上并肩而行。细雨让脚下的路变得泥泞不堪，酷热让大地逐渐滚烫，秋风拂过思乡的泪，冬雪送走了童年的天真，同是远离家的人，她们在都市，努力考研。那时的努力，心中的欢愉，在短促的青春中留下了浅浅的印记。所有坎坷，正如当时的激昂话语，今朝与过往相望，温润如玉，闪闪发光。

惠而好我，携手同行。不管北风其凉，雨雪其雾。当内心的情感纷纷扬扬，不可遏止，也就有了不顾一切的奔赴。就算嗒嗒的马蹄声是一个美丽的错误，也要打马前行，八千里路云和月，冲破雪幕，碾飞尘土，完成那一场命定的奔赴。为伊消得人憔悴，要平息凌乱的心事，唯有启程。途中自有一树一树的花开，摇曳生姿，簌簌飘香，这一场奔赴是重整旧日山河的姿态，是一场洇着香气的灵魂之约。

不管源于一场情感，还是关乎信念，只要真实地触摸到自己紊乱的心跳，日日如小兽撕咬，不能平复时，那就完成命中注定的奔赴吧。奔赴，是源自生命的邀约。

一瓣静时光

一年好景君须记，最是橙黄橘绿时。

冬日来临，枯荷耸立，垂下曾经亭亭的擎雨盖，菊花已残，犹在傲霜斗寒，一派萧瑟冷落的景象。但因为有橙黄橘绿的硕果累累，成熟丰收，这便是一年中的好景。

好景须记。

我念念不忘的好景也和橙黄橘绿相关。只是非关硕果，而是情谊，当然也属于情谊的丰收。

我们办公室一共三人，因部门不同临时组合办公，我们仨暂处一室。短暂相处的时间也就一年。

从最初的试探，到后来的磨合，我们一日一日熟识得胜似姐妹了。

入冬后每每上班，掏出钥匙打开办公室门的瞬间，浓浓的柚子香便扑面而来，包裹着我。那是柚子皮在火炉上烘干后的香，散发着温暖的春天气息，闻到的人，仿佛正在磬钹声中轻轻诵经。又像是和一位慈眉笑目老者的约定，推开门时，他言笑晏晏，我身心安宁。

我们三个都很享受这样的味道。隔三岔五，总有一人会带来一个柚子。

剥柚子是一门学问。玲姐深谙此道。看着她的纤纤玉手在柚子上轻轻滑动，像是抚摸，又有着美人解带脱裳的优雅。她剥出的柚子皮像一顶金黄色的瓜皮帽，戴在孩子的头上一定有着别样的美学效果。我和秋除了欣赏、赞不绝口外，就是等着她把柚子剥好后分给我俩。我们把一瓣一瓣柚子肉送入口中，细细地品。一时未吃完的柚子肉还可以用完好的柚子皮包好，几个晚上也不失水分，不失甘鲜。我和秋曾各自在家学着玲姐的样儿剥柚子，总是剥成一顶破烂、不成形的帽子，像顽皮的小孩无端把崭新的帽子剪得七零八碎。

柚肉可以润肺清肠、补血健脾，常吃助消化，除痰止渴，理气散结。玲姐爱剥柚子，我们爱吃柚肉。这是我有生以来吃柚子最多的一个冬天。

吃完的柚子皮放在炉上烘烤，烘干后置于袋子中存放，终年不腐烂。存放的柚子皮在房间里会散发出岁月静好的香。玲姐每晚拾几片放入盆中泡脚，说可以止痒、消炎。

这个冬我们是在闻着柚香，吃着柚肉中度过每一天的。

苹果也需要削皮。我和秋也总是等着玲姐削好了切成片，递给我们才吃。比我们大不了几岁的玲姐像阿姨一样照顾着我俩。我俩也习惯着她的照顾。

秋有一次提来一袋橘子。经霜的颜色似乎还带着野岭上的云烟，她挑选出同一根枝上结着的两个橘子给我——成双玉果一枝连，色泽犹含岭上烟。我一整天放在电脑桌前，不舍得吃。现在才知道，我舍不得的是那份携手相伴流年的美好。

这个冬因为这些香，这些细细的好，过得很快。在冬还没有完全尽的时候我便搬到相去甚远的别处上班了。

如果你问我这个冬天过得如何，因为玲姐剥了好多柚子和橘子，削了好多苹果，因为吃了很多柚子、苹果，当然还有秋提来的柿子饼和橘子等零食，我想说这个冬天是让我忘记寒冷的一瓣静时光。

　　这个冬也是属于我们仨的一段静好的时光。

微微一念

世间有一种美，在微微一念。

念起如吹面不寒的杨柳风，如沾衣不湿的杏花雨，倘若心在别处，或心不在焉，那一丝微小而又迅疾的美便极易错过。

那一念被极细微、极琐碎的生活遮掩着，若我们被琐碎所缚，被鸡毛所惑，它便又淹没在一个又一个的日子中了。

早晨起床，桌上已摆好一碗冒着热气的白粥、几块臭豆腐。悠然地坐下，白玉般温润的粥入口便在舌尖惹出一点甜，再加一小片臭豆腐就白粥咀嚼片刻，生活的麻辣鲜香和回甘便都有了，一丝如轻雾又如白驹过隙的美意油然而生。当然，如果你赶时间，嫌粥太热，入口前来不及对着汤匙吹口气，粥和臭豆腐也来不及咀嚼，只是囫囵吞下，甚至只是将臭豆腐搅碎在粥中，然后整碗倒入胃中，这样是感受不到生活的麻辣鲜香和回甘的，也就感受不到那一丝美意了。

在单位，即将换一个科室，同处一年的她再三说以薄酒送行，我只是领了满满的一番心意，知道真正的感情不需要金钱、酒食甚至时间来衡量和维系。搬离时，科室有两种柚子，她说，沙田柚更甜，先削这个，让我吃了再走。我便吃了半个沙田柚，带着同处一室日复一日的爱和沙田柚的甜香安然地离开了。

离开数日，她发来微信，说科室有一箱糖心苹果，让我快点回去吃。我的心一下子变得白云般柔软，眼睛一下子变得如春水般润泽。朔风霜叶本离离，微微一念正当时。似乎在兵荒马乱的奔波中，在八千里云和月的尘路上，她刚好出现，刚好给过客安置了一个栖息地。在她只是一念，在我只是过客，她不需要我的回馈，我也只需要安然地享受这一点好。

这一念，没有才下眉头却上心头的痴缠，没有"玲珑骰子安红豆，入骨相思知不知"的苦，只是云的白偶尔投影在波心的临波照影，是风轻拂过水莲花的温柔体贴，是她念及我时心微微的一跳，是我收到那微微一念时眼角的润泽，嘴唇的莞尔。

更多时候的微微一念，只需要一个人的幽赏。那是你心灵的花园。是莳花弄草时指尖染得的一点香，是你念及时心窝上的一点柔，是在读一本书时倏然而过的刹那记忆。

仿若正走在人来人往的大街，抬头，蓦然看到以某老友的姓命名的店铺招牌，而想到他。那静止的一笔一画像极了他不说话时的眼睛，默然相对，然后擦肩而过，各自前行。

仿若看到一个拄着拐杖蹒跚前行的老人，在他的眉眼中看到正值青春的友很老很老的样子，你眼中忍不住调皮地一闪。

微微一念，它总是太轻、太柔，一闪而逝。无论是一个人的幽赏，还是两个人的交接，如果你走得太快，或者心跳过于喧嚣，你是抓捕不到这一念的，也就感受不到这一份美。

它只是微微一念。

牵手

"执子之手，与子偕老。"那来自古老《诗经》的浪漫和诗意一直吸引着我，总觉得牵手而行比并肩挽手更令人心动。

小时候不知道《诗经》，但和哥哥上街赶集，一路总想牵着哥哥的手。牵着手可以东张西望，不怕跌倒；牵着手不至于跟不上脚步而走丢；牵着手是小女孩心中暗暗的炫耀。然而大我三岁的哥哥总是用力地甩掉我的手，仿佛甩掉一个爱黏人的小麻烦。

长大后，我终于遇上一双愿意牵着我的大手。他喜欢把我的四个手指包在他的掌心，用力地握着，那力道甚至有微微的疼痛。但我喜欢。爱着的时候，微微的疼痛也是一种幸福。

盼着盼着，到了假期，我抵达他的城市。我们牵手在湖边散步，路灯把我们的影子拉得很长；我们牵手登顶，风吹起我的长发，我的裙裾；我们牵手，看长河渐落晓星沉；我们牵手，在晨曦微露时，任早起的鸟儿叽叽喳喳地交换着它们的惊讶。

幸福的光阴转瞬即逝，短暂的假期很快结束。他送我到机场，我不放心返程时他一个人开车，他叫上他的朋友做伴。在他的朋友接过方向盘时，他坐到了副驾驶的位置，我从副驾移到后排。后排坐着我的几个朋友，因为某些原因，我们的恋情并未公开。我整个人趴在副驾的靠椅上，那是他正坐着的靠椅啊。一路上，我多想让他牵着我的手，让他感受到我炽热的爱，让我再一次感受那微微的痛感，让他回应我，传递给我永不舍弃的力量。

　　离机场的路越来越近，我的渴望越来越强烈。或许是相爱着的两人心有灵犀，或许是渴望足够强烈，某种神奇的力量助我达成所愿。总之，他的手从椅背下方伸过来，稳稳地把我的手抓在他的掌心。

　　然而没过几年，手便置身事外，再好的感情终究敌不过现实，我们的恋情无疾而终。人面桃花两相忘，我们断绝了所有的消息。偶尔记起牵手时那微微的痛感，提示着我曾经的爱。

　　多年后那个镜头在我脑海中回放，我仍然惊讶于两心相爱时的感应。

　　后来，在一个风摇日影叶含烟的夏日午后，我看到一对鬓发斑白的老人牵手归家，忍不住一路追随，拍下他们的背影，那牵手的镜头无比清晰地定格在我的手机中。华发缓归两相牵，多么浪漫的诗意，多么长情的陪伴，多么温柔的爱。正如歌中所唱，"我能想到最浪漫的事就是和你一起慢慢变老，一路上收藏点点滴滴的欢笑"。

　　牵手能如此打动我的心，因为那是一种被爱的感觉，是一辈子不弃不离的相伴。

七年之约

我爱你的寂静，仿佛你从未存在，

你遥不可及，就连声音也触及不到你。

聂鲁达的诗是他们情感的真实写照。或者说他们的爱如同聂鲁达的诗一样，寂静，仿佛从未存在。

然而，寂静，从来都是最真的存在。寂静，才能触摸到彼此的心跳。

初见，已是相识的第七年。

她从未想过他们会相见，在特别渴望相见的日子远去后。那不过是漫长生涯之中的一段过眼云烟，那不过是寂寂长夜中的一个梦。

梦醒，依旧是家和单位两点一线的生活，依旧是一日三餐的平淡、琐碎，还有对遥远但可及的梦的憧憬。那不可及的，也就渐渐淡去，像云过无迹，风过无痕。

毕竟，相识，不过是网络中键盘上的一个点击。

网络进入人们生活的最初，上网冲浪的人恨不得凭着这一根细小的线把自己和天涯海角的地球人都连接在一起。

不知道谁先建立了群，渐渐地，天南海北，但凡相关的人，隔着八千里路的云和月，就这样走到了一起。他和她什么时候从群聊到点击头像加为好友，已经完全忘了。可以确定的是，那一次点击后他们开始了第一次交集。

但只是蜻蜓点水似的交集。只是天空的一片云，偶尔投影在他（她）的波心，谁都不必讶异，更无须欢喜。她有她的方向，他也有他的方向，转瞬间消灭了踪影。

那时，她还年轻，正做着考研的梦。小时候一座座大山横亘在她面前，反而促使她练就了足力，终于凭着努力走出大山，过上了与父辈不一样的生活。这次也一样，生活了数年的小城让她生出厌倦感，她渴望通过再次努力，离开这座城市。

上网，是工作的需要，更是逐梦的需求。她的网名就是追梦人。无数计划、方案、总结、制度等文字工作，她需要向前辈们请教，这样可以节省时间耕耘自己的梦。她用英文与学霸型的同行聊天，提高了自己的英语阅读和写作能力。

所以，哪怕聊天，她寻找的都是自己仰慕的人。用对方的才识滋养自己，这也是曲线圆梦。他的英文水平和她相当，谈不上滋养。

她所不知道的是，那时的他同样厌倦了小城的生活。隔着千山万水，隔着屏幕，她言语中跳跃着的梦闪着迷人的光，照亮了他。只是照亮后，他们各自逐梦而去，无暇同对方进行密集的交会。

在第一次短暂交集后的七年时光里，他们各自逐梦。她研究生毕业后换了两个工作单位，不过依然生活在小城。他凭着自身的能力和对机遇的把握离开了生活十年的小城，到了市级单位。七年的时间，他们各自在对方的好友列表中沉默着，灰色的、隐身的，仿佛从未存在。

七年的时间，漫长得可以改变很多，可以忘记很多，可以开始和结束很多。如果不是七年后的她再次求教，他们曾经网络上的短暂交集是开始，也将是永远的结束。

因为专业上某个问题，她蓦然想到了他，主动联系了他。只是，在专业之外，他们聊到了彼此的生活。仿佛梦想的小船驰到一个港湾，彼此处于休憩期，他们刚好有闲暇谈论一下诸如天气之类的话题。

都是有梦的人，都是农村娃凭着自己的努力改变了父辈生活轨迹的人，都是相同的年龄，都正过着不温不火的生活。很多相似点在工作外的闲聊中惊喜着彼此。这种惊喜的量积到一定程度，便容易发生质变。

那时候她正准备一种资格考试。对久经考场的她来说，一共三科的资格证考试，绝对是小儿科。然而，陷入爱情中的她，爱得一塌糊涂，考得也就一塌糊涂。每次挂了电话，说要看书了，打开书本，每个字都是他说过的话，每一篇都是他的笑颜。晚上睡觉，翻来覆去枕畔都是他的名字。半夜醒来，睡不着了，发个信息过去，他居然很快就回了，仿佛一直在那儿等着她。

路上走着，一边同他发着信息，傻傻地跌进放有警示牌的坑里。对面走来的人一边援助一边说："我大声叫你小心，都没有制止住你！"

爱情，从来都是一个甜蜜的陷阱，让人心甘情愿地跳入，不管旁人怎么警告。

情到浓时，他盼着她去，她盼着他来。他跟她说他的城市，那个湖，湖边的小径，小径上的长木椅，他们可以坐着相互依偎看夕阳，看波光粼粼。她跟他说常登的山，他们可以拾级而上，到最顶峰，倚栏看秋叶绚烂，看一江抱城，山环水绕。她拍了高速路口的照片放在自己的空间，盼着他看到，某一天驱车而来，而她坐在某个石阶上等着，看着他的车驶入，春风满面起身迎接。他给她发家和单位的位置图，说着离高铁站很近的距离。

然而他们谁也没有走出那一步。已过而立之年，也有稳定的工作和家庭。额外的爱，不过是奢侈品，不管多么炫目，多么荡人心魄，多么销魂，就算"为伊消得人憔悴"，也只能由着自己憔悴，作为草根的他们消费不起。消费不起的爱，如同一杯灼人的开水，本能地会放下，会等着它冷却。

相爱的人之间总是存在默契。两个人不约而同地将那杯水搁置在一边了。完全冷却后，他偶尔发一个表情，也是没有温度的，她不回，或回一个同样没有温度的表情。就像冬天喝凉水，沁心的凉，不过是渴了浅尝一口，润润唇而已，余下的，倾掉或继续放置一边，以致完全忘了有过一杯水的存在。

很巧，这一搁，又是七年。人的一生能有几个七年？

这一年的劳动节，几个女友约她出去旅游。她说："好啊，你们计划好线路，我全程陪同。"女友们筹划的旅游城市居然是七年前她梦了许多次的城市。因为爱上一个人，而喜欢上一座城市。爱早已成了过去式，她还是喜欢那座城市。城市中有"黄鹤一去不复返，白云千载空悠悠"的黄鹤楼，有雪一样迷人的樱花，有以各种小吃闻名的百年老巷，有她喜欢的湖。她的心微微一动，那是他的城市，即将去他的城市。但她知道，她不是归人，只是一个过客，她嗒嗒的马蹄声是一个美丽的错误。

她打定主意，就算是过客，她也要阅尽那座城的好。

她们到著名的大学去看樱花，樱花早已凋谢，翠绿的叶子葱郁可人，林荫道下漫步，也别有风味。晚上在百年老巷吃着，玩着，拍着照。回到酒店美图配上美文，以她惯常的文艺风格发了朋友圈。累了一天，手机调为静音早早入睡。

第二天醒来，首先映入眼帘的是七个未接来电。是他的电话。打开微信，是他的留言。他申请当向导，说别无他意，只是想尽地主之谊。她感动于他的盛情，同女友们商量，征得大家一致同意后，告诉了他自己下榻的酒店。

当他的车停在她身边，初见仿若很老很老的故人重逢，仿佛认识了一万年，很自然地她坐了副驾的位置。他很自然地举起他的茶杯，拧开盖子，让她喝。她毫不犹豫地品尝着他泡在水中的人参、枸杞等各种味道，那多么像爱情的味道，甜甜的，滋润着她娇艳的容颜。后来她想，他给她的，如果是毒药，她也会毫不犹豫地喝下吧？

他带着她们游了著名的楼和湖，晚上约了最好的朋友为她们一行接风洗尘。她说她只喝红酒，只带了白酒的他另叫了两瓶红酒。几杯入口，不爱喝酒的她也是微醺，比喝同等量白酒的他脸色还红，艳若桃花。晚饭后他成功地避开所有朋友的视线，抓住她的手跑到他给她说过无数次的湖边。橘色的灯光在粼粼水波中一闪一闪，像他说过的那些动听的情话。他带着她到下榻酒店的顶楼，一排排晾着的白色床单在晚风中鼓胀着，像一只只飞翔的鸽子，像他们怦怦的心跳。他问她："七年之后不知道我们会怎么样？"她脱口而出："一定过得比现在好。"

相处的三天，他殷勤周到，无可挑剔，只要有其他人在场，他们总是不由自主地收敛着自己的感情，绝不放纵，绝不暧昧，"一片冰心在玉壶"，明澈而纯粹。

假期很快结束，幸福的时光总是像箭一样飞驰而过。他送她们到机场，两情依依，不舍却深知必须舍。他们必须回到各自的城市，回到各自的工作、生活中。没有谁舍得下那经营了许多年的事业和家庭。不得不舍下的，唯有这七年初见的情，这炫目得不真实的爱。

回到自己旧有的生活轨迹后，廊桥遗梦似的三天有多么的甜蜜，后来的相思就有多么的酸涩。诉不完的相思必须诉完。一寸相思一寸灰，为谁滴泪到天明。睡不着的夜，她起床读喜欢的诗书，他翻看她的朋友圈。互相安慰着，总会回到平静的日子；互相鼓励着，当下的生活才是最重要的，珍惜眼前人。人在曹营心在汉，这样纠缠着，消瘦着，既是对家庭的不负责，更是对自己的不负责。早知如此绊人心，何如当初不相识。然而爱一旦开始，就是洪水猛兽，有谁可以抵挡这样的狂澜？爱又毕竟是荷尔蒙的分泌，通过本能的调节保护着机体。

不惑的他们再次如同七年前，断绝了所有的消息，决绝到仿佛消失。他们轻轻拿起时光的橡皮擦，完全擦去了彼此的痕迹。只有这样，他们才能真正回到原有的轨迹。

她想起他说的七年之后，她幡然醒悟，他想的是七年之后，而她回答的也是七年之后。七年的日日夜夜，注定在彼此的世界里只能是一片空无。爱毕竟太过奢侈，烟花一样短暂而绚烂的一瞬便足以安慰漫长而无趣的一生了。

她想起聂鲁达的诗：

我爱你的寂静：仿佛你从未存在，
你遥远并忧愁着，如同死去。
一个字，一个微笑，便已足够。
即使那不是真的，我也很快乐。

每天想你一点点

太浓腻的纠缠，终究是"春蚕到死丝方尽，蜡炬成灰泪始干"。

太轻飘的一念，终归是"一春情绪空撩乱，不是天生稳重花"。

在短促的人世，我愿意在浓淡之间，每天想你一点点。

早晨醒来，听着窗外的鸟鸣，看着摇曳的树梢，阳光一点一点地给远处的青山披上艳丽的纱衣。彼时，我会想你。

你是枝叶上滚动的晨露，你是小溪上跳跃的波光，你是滴落在窗畔的雨滴，你是枕上将醒未醒的迷蒙。

一日之计在于晨，时间尚来得及，在开始为五斗米奔波之前，滚滚红尘尚未袭来，烦嚣的贩卖声尚未入耳，千面的脸色不曾入眼。我的心只有浓睡后的愉悦和满足。

我睁开惺忪的眼睛，看着这个无比爱恋的世界。而我，也正被这个世界爱恋着。这时，我会打开一本书，在字里行间寻找你的眼眸。在深情的凝望中，"一片冰心在玉壶"，不需言语，心早已了然。或许，我会记下昨夜的梦。是夜有所思也好，是梦魂无拘束也罢，那是一个美梦，在晨光中我要让它从笔尖潺潺地流出，在素笺上留下它妖冶的身姿。又或许，我会呆呆地看着窗外，寻一片云，看它有没有与山峰缠绵，问云心上是否有我。

这段时间不长，但已能够带给我一整天的激情。我穿衣起床，对着小轩窗，一番小梳妆。一粥一饭，心已知足。走进这个让人无比爱恋的世界，无论附加给我怎样的际遇，我都安然接受。

黄昏，和夕阳归来。披着霞光，我会沿着一条溪流慢慢地走。夕阳无限好，最爱是黄昏，最爱是溪河边的黄昏。"草满山坡水满塘，山衔落日浸寒漪。牧童归去横牛背，短笛无腔信口吹。"彼时，我会想你。

是陕北信天游似的想，是晏几道小令中的想。

灰雀在低矮的绿枝间跳跃，黄鸟在密林中高歌，鱼游浅底，鹰击长空。日之夕矣，牛羊下来，我和农人、牧童缓缓而归。你是我即兴写下的诗里的一个字符，你是我闪念中的一丝喜悦。这样想着你的时候，我也安然到家。

深夜独坐，或与友共欢，我会想你。明月千山，心共清光，随风直到夜郎西。但不是愁心，是宁静的欢欣，是有人替我负重前行可享岁月静好的欢欣，是钟鼓乐清时可堪入梦的欢欣。

情多无语，水深无声。我只是每天想你一点点，这样想着，走过千山万水，走过八千里云月，走过沧海桑田的变迁，哪怕双鬓微霜，脸上沟壑纵横，每次相逢，都是初见。

回头是爱

他们是同行，一个月总有定期的会议或活动给他们提供见面的机会。

初见，便各自从对方眼中看到了春水般的光泽。

她那么优雅，有着让男人心动的气质——波浪卷长发或绾青山一样的髻，或自肩上倾泻而下，一年四季的高跟鞋、丝袜，款式各异、色彩缤纷的裙子，多像一团火焰，炙热而袅娜地舞着。他想，这样的女人，正常的男人都会心动吧。

他风华正茂，文笔不错，写得一手好字，舞跳得也好，有事业，有成功男人的成熟稳重，又不乏才子的风趣幽默。正是她理想中的配偶。她想，这样的男人才值得托付终身啊。

然而，他们都早已组建自己的家庭，各自的孩子也正一日一日地长大。"还君明珠双泪垂，恨不相逢未嫁时。"他没有赠给她明珠，眼中的光芒胜过了一切珠玉。她喜欢他眼中那些亮闪闪的珠玉，和家中两看生厌的黯淡完全是天壤之别。

开会时，偌大的会场，她习惯坐在他身边，他习惯给她留一个位置。系统内组织外出学习或旅游，他们约好同一批报名。

她看他，他看她，满眼都是金粉，有了爱情，什么都可以罩上一层光环。

他们开始了漫长的地下情。一日不见，如隔三秋。情到深处，再也不愿意有一分钟的分离。选择无非只有两种，或者辜负这份姗姗来迟的爱情，或者辜负十年之痒的婚姻，辜负孩子。一纸结婚证维系的婚姻早已轻飘成泛黄、又薄又脆的纸片，不足珍惜。然而，想到未成年的孩子，他们终究选择了继续着地下情。

十几年的光阴，就这么熬过来了。各自的孩子终于成年。像所有没有悬念的故事，他们向各自的配偶提出了离婚。

奇怪的是，两个人的配偶似乎也达成一致意见，没有一句怨言，双双成全了他们。早已不爱，心已不在，何必留着躯壳折磨对方又折磨自己？

他们迫不及待地组建了新的家庭。依旧在不同的镇上担任着领导职务。眼中尽是新人笑，哪管旧人一隅泣。幸福的时光像流水一样，奔泻向前。很快到了双双退休的时候。

一辈子在镇上担任领导的他们把退休后的家安置在繁华的大城市。那是她的意愿。她喜欢热闹、繁华、活色生香的日子。她喜欢燃烧，只有燃烧才有活着的快感。他喜欢读书看报、练字写文、莳花弄草的生活。在燃烧过后，他更喜欢安静，有着灰烬余温的安然和静美。

不甘寂寞、喜欢折腾的她不顾他的反对在大都市开了一家店。最初，他也勉强着自己和她一起经营。渐渐地，他越来越怀念前妻，前妻和他同在一个单位上班，是他的下属。前妻从来不会让他勉强着过日子，哪怕是离婚，忍着千般的痛，藏着万分的不情愿，也会安静地成全他。她呢？在日日相对中也越来越怀念她的前夫。前夫没有多少文化，一辈子在煤矿上班，她的话就是圣旨。她要燃烧，他会把自己当作柴薪。为了成全她的燃烧，他早已把自己化作优良的煤块，呼之即来，挥之即去，烧之不尽，从来没有半分的不情愿。

余生，他要的是舒愉的清茶。

余生，她要的是绚烂的彩霞。

他们平静地提出了分手。

好在，旧爱还在，他们平静地回到曾经的他和她的怀抱。

好在，在逝去的许多年里，他们似乎一直在原处，等着他和她的回首；在不长的余生中，在他们领悟了什么才是适合自己的真爱后，他们还能找回那曾经弃之如敝帚的爱。

然而，再回首，伊人不在，唯余无尽的空茫和怅惘吞噬着沧桑的心，这样的故事在世间更多吧。

七夕有爱

"得成比目何辞死，愿作鸳鸯不羡仙。"

七夕的鹊桥相会始于爱，终于爱，织女用她的一生诠释了愿作鸳鸯不作仙的愿望，或者说人们用牛郎织女的故事表达了对爱和美好生活的追求。

美丽的织女每天给天空织彩霞。身为天上的神仙，在日复一日的枯燥生活中感受不到爱，她的内心感受到的只是无穷无尽的荒芜。为了改变这种现状，她甘愿放弃神仙日子和织锦的事业，偷偷下凡到人间，私自嫁给河西的牛郎，过上了男耕女织的生活。此事惹怒了王母娘娘，把织女捉回天宫，责令他们分离，只允许他们每年农历七月七日在鹊桥上相会一次。

《古诗十九首》："迢迢牵牛星，皎皎河汉女。纤纤擢素手，札札弄机杼。终日不成章，泣涕零如雨。河汉清且浅，相去复几许？盈盈一水间，脉脉不得语。"这首诗写出了织女无心织布，隔河落泪，对水兴叹的相思之情。或许有人会说，早知今日，何必当初。为何天庭的锦绣生活、神仙日子也阻挡不了织女偷偷下凡的脚步？苦了牛郎和一双儿女，也苦了自己。殊不知，牛郎织女的相思之苦中带着浓浓的爱意。他们怀着爱的希望，那年年的相思和日日的孤独因爱而带着甜蜜。没有畅饮过爱情甘露的人又怎么懂得"金风玉露一相逢，便胜却人间无数"的美好，又岂能懂得"两情若是久长时，又岂在朝朝暮暮"的坚守。

生命源于爱。一个小生命的诞生源于父母的爱。春花盛开源于春光的爱，种子萌芽源于雨露的爱，白云朵朵源于水汽的爱。爱创造了生命，爱延续着生命。没有爱的世界是冷漠的，没有爱的人生是虚无的。

生命的本质是爱。爱是繁花盛开，爱是鸟儿啁啾，爱是溪水潺潺，爱是沙漠中的那泓清泉，爱是寒冬的那缕阳光，爱是希望，爱是未来。

托尔斯泰说："爱是人类唯一有价值的理性活动。"他说爱能解决一切人的生命的矛盾。他断言，爱是真正生命唯一充实的活动，强调我们要用事实和真情去爱，而不是用词汇和语言，真情会使我们的心灵得到安静。

正是用事实和真情相爱的牛郎织女以他们坚贞的爱情感动了喜鹊，每年的七月初七，无数喜鹊飞来，它们用身体搭成一道跨越天河的喜鹊桥，让牛郎织女在天河上相会。

爱本身充满美好与感动，爱让万事万物美好祥和，爱的无穷力量影响着周围的磁场。

让我们抛掉虚伪，抛掉词汇和语言，用事实和真情追求爱，获得爱，让七夕融入我们生活的每一天，让我们用爱拥抱生活，用爱拥抱世界！

祝君安好

　　活在珍贵的人世间，祝君一切安好。

　　祝君一切安好，我们一起赞美太阳的强烈，享受水波的温柔，仰视一层层白云覆盖、飘离、聚拢、隐去……活在这珍贵的人世间，人类和植物一样幸福，爱情和雨水一样幸福。

　　写下《活在珍贵的人间》的海子，和植物一样幸福的海子，我不知道他为什么选择了卧轨自杀。

　　每每听到谁生病了，谁远去了，对生命的无常和脆弱总会唏嘘不已。心中暗暗送去遥远的祝福：一切安好吧。病了的尽快痊愈，远去的化作天上的星，照耀和安慰曾经的所爱。

　　可是那些与我的生命有过交集的人啊，我只希望我们一起好好地活在这珍贵的人世间，沐着晨曦，踏着晚照，经历旅途的风风雨雨，嗅着草木的芬芳，感受时间流逝中的无奈和欢欣。

　　当我想你的时候，你鲜活地在另一个遥远或并不遥远的地方回应着我的思念，而不让我的相思化作无处着落的怅惘。当我约你的时候，你霸气地拒绝或者任性地爽约，或者满腔豪气地披雪而来，来与不来已不重要，重要的是你在，我的思念和我的邀约有着实在可感的对象。像王子猷的雪夜访戴，兴起而往，兴尽而返，见与不见已然无关，重要的是你在。当我烦闷的时候，我可以通过 QQ 或微信发来一个表情，抑或一股脑儿向你倾诉，你回复与否并不重要，你确信无疑地存在和感知已是另一种回复，我的烦闷心情因为实实在在的你而得到了稀释。

罗素说："参差多态乃是幸福的本源。"你在，也就构成了我生活和心情的参差多态，也就成了我幸福的本源。你在，我的牵挂似一帘轻纱，我的心情似一杯暖茶。我驻足于一片云，我凝神于一朵花，我看着浩瀚的碧霄，我抚摸一片红叶，我遥想某一个时空，都是在啜饮自己心情的暖茶，都是用思维触摸有你的轻纱。

我们所有的交集都是你赐我的繁华。你在，纵使各自为生计奔波，为梦想耕耘，纵使如并行的铁轨，不再相交，然而抬望眼，凝神间，知道同一轮月下，千里共婵娟，同一缕空气中，共呼吸同吐纳，即便繁华落尽，依然有迹。我不愿意你高悬在浩渺的星空，在我的眼寻觅到酸涩时，依然不知道哪一颗星星是你；我不愿意因为你离开这片坚实的大地，而让我们的交集如春梦一场，如朝云无觅处；我不愿意繁华过后彻底地消失，仿佛从未存在。我宁愿忍受死亡般的沉寂和决绝，我宁愿忍受逐渐凋零的萧瑟和荒凉。你在，我便可以在萧瑟和荒凉中看到葱绿的影儿，我便可以在沉寂和决绝中回忆曾经的甘甜。

我感恩着你的存在。我祈祷你永远安康。

我把感恩和祈祷化为你呼吸的空气，环绕着你；把最真诚的问候变成雨，飘散到你的窗前，我把最真的祝福化作风，吹送到你的身边。

人间珍贵，祝君安好。

第二辑　文字疗愈，安顿尘心

文学，我生命中的阳光

　　文学意识最早的萌芽应该是从小学班主任的一句表扬开始的。

　　小学四年级的时候，语文老师布置了一篇作文，要求写一个人物。我的作文题目是"我的父亲"。我写到父亲是一名石匠，由于经常用手搬动巨石，大拇指较其余手指用力更多，与常人相比大拇指便异常地往后翘。另一个女生好像写她自己搬动一百多斤的石头去砸一条蛇。班主任兼语文老师由此夸奖我观察仔细，说那个女生所写的不切合实际，一个只有几十斤的瘦弱女生何以能搬动一百多斤的石头？幼时家境非常贫穷，那个女生的经济条件更是我家无法比拟的。那次对比式表扬让我的虚荣心得到极大满足。由此激励着我看更多的书，写出更好的作文以博得更多的表扬。

　　那些年虽然贫穷，家中还是不断有连环画之类的书，应该是三个哥哥通过各种途径换来的吧。后来随着大哥考上师范学校，家中逐渐新增了一些文学类的杂志。一身破旧衣服的我在学校无以显摆，甚至可以说相当自卑，在家中常遭受到由于生活艰辛而脾气暴躁的母亲的责骂，唯有读书，逮着什么读什么，在别人或悲或喜的故事中，自己敏感的心灵可以得到最大的慰藉。父亲在牛圈和猪圈之上架了几块木板，堆放柴火、稻草、玉米秸秆之类的，类似于一个简陋的阁楼，我常偷偷夹一本书，躲过母亲的责骂，借着柴草堆的掩护，在几十分钟到几小时不等的阅读中感受书中投射过来的那缕无比灿烂的阳光。

进了初中，我的作文基本上都成了老师在课堂上评阅时念的范文。印象很深的一次是读初一的时候，管教室门钥匙的同学迟到了，我为了出风头，第一个从窗户翻入教室。那时的教室简陋，不像现在的玻璃窗，插上插销连一只苍蝇都进不了。那个窗子就是在土墙上开一个方形的孔，外加一个木框，几根铁棍漫不经心地在上下方的木框中立着，用不了太大的力，那比我还弱不禁风的铁棍便可以弯出想要的弧度。翻窗入室的后果就是写检讨，写完还要上台念，如此表明进行了认真深刻的反省。我不记得自己反省得到底深不深刻，我只记住了老师表扬我的检讨写得好，有文采。这句表扬把我出风头，写检讨当着全班念的那一丁点儿屈辱感涤荡得一干二净，甚至走下讲台坐在座位上都开始有点飘飘然了。

随着三个哥哥相继考学，跳出农门，捧上"铁饭碗"，家中的书日渐多起来。第一本吸引我的长篇小说是张扬的《第二次握手》，那是教初中的大哥从学生手中没收的一本小说。物理学家和医学教授间高尚、真挚而曲折的爱情悲剧深深攫住了我的心，夜深了我躲在被窝中看，几度泪眼婆娑，大哥上楼梯的脚步声也未让我的目光离开书页。毫无疑问，这本书再次遭受到被没收的命运。当然，不甘心的我很快想方设法偷了出来，看完后再把它放回原处。初三的时候，课堂上看《当代》类的文学杂志被物理老师逮个正着，罚扫地一周。晚自习捧一本小说（大约是琼瑶、岑凯伦等的言情小说，或者是梁羽生、金庸等的武侠小说）看得津津有味，下课铃声响了也不舍得回宿舍，得到不明真相的老师高度表扬。

大量阅读之余，难免也用拙劣的笔涂涂写写，模仿那些出书的作家，用一个专用的小本子取名为《蓓蕾》，类似于书名，把所写的文字誊抄其上，辑集成册。那时少女怀春，喜欢上了同样爱好文学的年轻的语文老师，便写了最早的情诗假装不经意地穿插在其他文字中，鼓足勇气登门把少女的那些小心思透露给他。我那爱好文学的语文老师很是高明，着重点评了《蓓蕾》中另外的笔墨，对那几行特别的文字却轻描淡写带过，让我在追梦和青春期的懵懂情感中继续健康快乐地成长。

第一次发表文章是在考入卫生学校后的第二年，即1992年。那是省级期刊《当代青年》的一篇征稿，名字叫"我心目中的编辑"。我综合各种小说中看到的女主角的形象写了一篇我想象中的女编辑的文章，一投而中，不久不仅寄来了汇款单（五元），还寄来了杂志社全体编辑的照片。当时因为兴奋过度，竟然把五元看成了五十元，因此在邮局领到现金时有一点失望——文字竟然不像我想象中那么值钱。

之后参加工作，自考，考研，结婚生子，一路走来，看文学类书籍的时间大大减少，写作的坚持也仅限于日记。直到綦江区作协（那时叫綦江县作协）成立之初，因朋友邀请，我投递申请后加入，和许多优秀作家朋友们大量接触，耳濡目染，内心沉睡的文学之梦再次被唤醒了，我开始断断续续写点散文、诗歌之类的文字，多限于自娱自乐。偶在《綦江日报》《綦江文艺》《零度诗刊》《重庆科技报》上发表，也偶有区级、全国性征文获奖。2014年我深爱的大哥患上癌症不幸离我而去，突然让我感到离我极其遥远的死神竟然近在咫尺，在伤心欲绝之余我很迷茫，很恐惧，甚至有些不知所措。是文学，让我不再随时随地落泪；是文学，让我再次感受到阳光的温煦可人；是文学，让我不再沉浸于深深的悲伤和恐惧中。那一年，一个偶然的机会，我进入网校小渔村，从对联基础知识开始，系统地学习了中国传统文化诗、词、曲、赋。后有赋作发于《綦江文艺》，也分别参与过对联、近体诗、赋征文的评阅。

文学给予我的同我在文学上的付出相比，我一直有愧。读书写作，以前我遵从的基本是实用主义。我把文学当作生命中最大的安慰、最好的朋友，但我却总是在自己需要倾诉的时候，需要安慰的时候才想起她，犹如在阴霾中寻觅阳光，如久处芝兰之室，不闻其香。好在随着年岁渐增，阅历渐长，现在的文学，于我可以说几乎同阳光、空气、水一样重要。由于没有殚精竭虑地想要发表多少的强烈欲望，也就感受不到来自文学的压力和辛苦，只是不可一日无书，数日未写几行，哪怕是绝句或打油诗，就觉得心里空落落的。是故，文学，余生是你，长伴左右。

八年相牵

　　与《綦江文艺》初识，应是复刊后。在綦江卫校就读三年，虽然也是图书馆的常客，但对《綦江文艺》似乎全然不知。校园三年的狂热追求只赢得《当代青年》刊登出一篇文章和一张五元的稿费取款单。文学写作仿佛只是我青春的一段小小的插曲。毕业后忙于工作及各种考试，然后结婚生子，文学类的刊物看得少了，更不用说用文字记录生活。作为一名停笔了很多年的文学爱好者，我内心的犹疑和忐忑足以把我的文学梦变成秋风中的那片枯叶，随风飘扬，无处着落。綦江区作协迅速抛来橄榄枝，是《綦江文艺》及时伸出的大手握住了我，让我的文学梦得以实现。

　　2012年重庆市綦江区作家协会成立，我在张学成老师的邀请和推荐下加入区作协并参加在区委党校会议室召开的会员大会，从此得以与《綦江文艺》相识、相牵。

　　这一年冬天，我调动了工作，到綦江区行政审批大厅卫生监督窗口上班，某一晚单位聚餐，次日早醒，我写下了心情散文《淡写暖冬》，很快在《綦江文艺》上刊出。看到自己稚嫩的文字相隔许多年后再次变为铅字，内心的喜悦和受到的鼓舞是难以言说的。之后，我开始自觉地增大自己的阅读量，恢复读书时的练笔习惯，积极参加编辑部每年组织的采风和改稿会，文学素养也在编辑们的悉心指导和帮助下得到一定的提升。但面对我敬畏的文学，面对各路名师大家和不断涌现的写作者，我仍是惶恐的、羞涩的、犹疑的。《綦江文艺》深知我的局促和不安，八年来，一直深情相牵，不离不弃，不时刊登出我依旧稚嫩的诗歌、散文，偶尔也刊登一篇尚存在很大提升空间的书评、小说或赋。

美国心理学家詹姆斯有句名言："人性最深刻的原则就是希望别人对自己加以鼓励，这样不仅让自己有进取之心，更重要的是能产生不断超越与突破的动力。"自古以来，十之八九的成功者奋发努力的背后，也必定有着数倍的鼓励。在文学的路上，我永远是一名跋涉者、一名新人。我想，《綦江文艺》之于我，八年相牵，正是这样一种毫不动摇的持续的鼓励。

缘不知何起，一往情深。或许，是大爱，是情怀，是文学的使命感和培育新人的责任感，才能解释《綦江文艺》及编辑们对我及所有本土新人的深情相牵，永不言弃。

正如每一年会员大会上区作协主席的发言："刊物的初衷就是大量促进本土文艺人才成长，花本土的钱，做本土的事，本土作者应当得到照顾。"

流光容易把人抛，红了樱桃，绿了芭蕉。《綦江文艺》执我之手，八年春秋，走过如歌岁月，走过情绪低谷，红尘中与我相依相伴，让我的梦想再次发芽、成长，让我的日子闪亮而充实，让我的足迹踏实而坚定。

《綦江文艺》丰富了綦江的文化生活，繁荣了綦江的文化市场，也记录了像我一样一个又一个文学新人的成长。我相信，有着大爱情怀和文学使命感的《綦江文艺》及其编辑们，在践行以大力发展本土文艺人才为初心的道路上会越走越远，越走越好。

多情胜故人

　　读者与图书馆的故事通常是从一个借书证开始的吧，我也不例外。例外的是我与图书馆历经二十多年的风风雨雨仍保持着最初的情谊，虽然这期间经历了图书馆搬迁，重修。我很自然地联想到仓央嘉措的诗：

　　　　你见，或者不见我
　　　　我就在那里
　　　　不悲不喜
　　　　你念，或者不念我
　　　　情就在那里
　　　　不来不去

　　与图书馆的初识是从到县城求学开始的。帮我办理入学手续的大哥知道我喜欢读书，特意带我到县图书馆用我的身份证办理了借书证。在县城三年的求学生涯中，在医学专业知识之外，图书馆静静地为我打开了通往世界的大门。

自有了借书证，大量名著得以借阅，我认定它们是充实和提升我的真正伙伴。三年中，我时入蛮荒远古，时入异国异俗，时有霞光夕照，时品人间百味，生活中的烦扰困顿乃至周遭的破门败墙全部化为乌有，书中世界与心中世界融为一体——人物的苦恼赶走了自己的苦恼，故事的紧张替代了现实的紧张。三年中，我和人类历史上杰出的先贤智者相交，同古今中外的名人悄悄对话，沉浸于五彩缤纷的情感世界，徜徉在精神世界的"伊甸园"，过着象牙塔内有滋有味的日子。后来读到刘同的《谁的青春不迷茫》，我突然庆幸，那三年因为图书馆的陪伴，我并未感觉到青春的荒芜、孤独与迷茫。

三年后毕业分到离县城较远的乡镇，离校时我到图书馆办理退证退押金手续。因为地域上的距离让我和县图书馆有了长达十年的分离。

百年人生中，十年是一段悠长的岁月。我经历了从一个乡镇到另一个乡镇，从一个单位到另一个单位的变迁。县城的图书馆也从下北街的一个位置移到了另一个位置，从以前的一大间平房变成了新修的四层楼。若是一般的情人，可能早就两两相忘于江湖了吧？然而不，我与图书馆居然可以重续旧缘，情胜旧时。

那是加入綦江作协后的一次读书活动，作为协办方的图书馆赠送给我们每位参与者一张借书证。这一证昭示着我重新拥有了进图书馆借阅的资格，或者说我重新回到了图书馆的怀抱。

许是年龄渐长，我逐渐由而立过渡到不惑；许是十年的离别之苦，我们相互之间更加珍惜今日的相守；许是图书馆的不弃，让我这个浪子回头，并笃信弥坚。

宋人黄庭坚说："人胸中久不用古今浇灌之，则俗尘生其间，照镜觉面目可憎，对人亦语言无味也。"由此观之，远离图书馆的这十年，我变成了何样人！我不敢再为五色所迷，开始差不多以每周一书的频率频繁地造访图书馆。其中当然还有另一个更重要的原因：读书的成本最低，我一介平民，收入不高，"买笑耗金钱，觅醉碍健康，顾曲苦喧嚣，不若读书之省俭而安乐也"，更何况，一书在手，万虑皆忘，劳瘁一周，安闲半日，不亦快哉。我之会意而欣然忘食不若陶公，只是消化功能有所减弱，所读之书亦多为诗歌、散文、小说类，也只是让自己远离图书馆十年所造成的精神上的死寂逐渐恢复一点儿生机，也只是想重拾象牙塔内与书相伴、两情相悦的悠哉日子。

　　家有老小，一周有五我必为稻粱谋，所以我只能算是一个业余读者。正因如此，我与图书馆之间便没有鸡毛蒜皮的琐碎，没有柴米油盐的纠结，有的只是脱离尘俗的喜欢，"我见青山多妩媚，料青山见我亦如是"，相处时如清风拂面，随意而自由。打开一本书，可以过目即忘，可以分心旁骛，可以信马由缰，图书馆包容我的任性，图书馆宽宥我长达十年的变心，图书馆也不计较我现在的不专一，也正如仓央嘉措所写：

　　　　你跟，或者不跟我
　　　　我的手就在你手里
　　　　不舍不弃
　　　　来我的怀里，或者
　　　　让我住进你的心里
　　　　默然相爱　寂静欢喜

　　风风雨雨，分分合合，此生注定与图书馆默然相爱，寂然欢喜。

不急不懒，活于当下

　　敲下这个题目，是对曾经急于求成，忽视眼前风景，喜欢翘首而望的我的一个总结，是对自己所走的曲折文字之路的一个回望，也是对自己未来一如既往安静踏实逐梦的鞭策。

　　小时候听二哥说文字值钱，一个字可以买几颗糖后，便对文学开始憧憬、仰望，希望某一天写出的文章买回很多的糖果，让全家摆脱三餐不继的日子，过上甜蜜的生活。在这种功利性的喜欢下，我开始阅读一切能看到的文章，摘抄一些优美的词句。十多岁时读到郭沫若对文学痴迷到近乎癫狂的爱，觉得很气馁——觉得写一篇豆腐干文章发表，换回两颗糖或许没什么可能了。无论我怎么爱文学，终究还得照常吃饭、睡觉、玩耍，缺一不可。文学不是面包，并不能填饱肚子，文学于我并不是必不可少的精神食粮。在这种情绪之下，我写信问一贯支持我阅读写作的大哥，为什么自己对文学的热爱如此功利。大哥大约是鼓励了我几句，但急功近利的我许久看不到上稿，许久挣不到买糖果的钱，便一日一日懈怠，只顾着眼前生计了。

毕业后过了许多年，工作稳定，孩子渐大，那潜隐在深处的文学梦又开始蠢蠢欲动了。衣食足，敏感的心却苦于不能熨帖地表达出所见所闻所感，没有记录下来的人生很快就被岁月的烟尘掩盖，几十年的光阴，须臾即逝，仿佛未曾经历。我多么想记录下那些悲欣欢愁，在记录中将顺思维，安抚躁动的灵魂。这样的心理状况下，我自然而然地重新拾起搁置已久的笔。

边阅读边写作的过程中，某一天读到林清玄从小学三年级开始坚持每天写五百字，中学写一千字，高中写两千字，大学写三千字，一直笔耕不辍。我也想给自己拟订一个写作计划，但早出晚归的自己每日写一千字的目标都难以达成，连林清玄先生初中时的目标都达不到。朋友圈看到某某文友日更多少字，谁加入省作协，谁两年出版三本书，谁加入了中国作协，心中无端又生出许多怅惘——为自己多年来的文学梦到如今似乎依然是一个遥不可及的梦。怅惘之下，我根据自己的工作时间调整了每周的完成目标，用鞭子抽打自己，把以前期望而不易坚持的跑步改为了匀速前行。

每个人的情况不同，按照自己的节奏，制定一个适合的目标，持之以恒，在别人如愿后数年，慢慢走的我一定也是可以梦想成真的。这样想着并坚持的时候，我急躁的心一日比一日平和、安静。物质上不必和他人攀比，努力的程度上我也只和过去的自己相比，只要今天完成了今天的计划，只要每天有所收获，我又何必为自己走得慢而自责呢？

这样，一年的时间也就不知不觉坚持下来了。自重拾旧梦以来，对比一年前的自己，我自己感受到明显的进步，以前的沮丧情绪也随之消除了。

人生的旅程上，总有人走得快一些，总有人走得慢一点儿，最主要的是要一路走下去，不要停下来。而我的梦想之所以依然笼着薄薄的面纱，无非是年轻时以生计为借口的懒怠，封笔多年，在别人向前走或跑的时候，我停了下来。在我终于意识到文字于我不是锦上添花，而是生命中的不可或缺后，工作之余，我便不再给自己偷懒的借口。每天阅读，每周练笔，文章终于不时出现在本地外地的刊物上，终于能断断续续地收到一点稿费。当然收到的稿费还不足以养活自己，但我本来就无须稿费养活，又何必纠结于当下金钱方面的收获呢？

在一年多来的坚持中，最重要的收获是文字对我精神上的滋养，那种滋养让我逐渐习惯于向内求，习惯于精神上的自足与富足，而不是以前试图一味通过向外求改变自己的幸福状态。在文字的滋养中我更加深刻地意识到人的欲望是永无止境的，唯有向内求，向内看自己，遵循自己的意愿，按照自己的信仰而生活，不因外力而改变，才是自得其乐的真实人生。

在踏踏实实过着的每一天里，向内求的心变得更加安静，外界的喧嚣很少能影响到我的情绪，我敏锐地捕捉到生活中越来越多的小确幸、小美好，品味着平淡充实的每一个日子里的小幸福，抒写着当下的诗，记录着朝九晚五中的远方。

这样不急不懒地过着，活于当下，梦想不再遥不可及，而是轻纱之下的依稀可见。

这样不急不懒地过着，每一个不曾辜负的当下都是我的所爱，每个我爱着的当下，都成了我的黄金时代。

不顺时读苏轼

词穷而后工。越是处于人生的低谷，越是能成就一个不屈服的人。苏轼用他在黄州的时光向世人证明了这一点。

元丰二年七月二十八日，苏轼因乌台诗案被押解京师，是年十二月二十九日，圣谕下发，贬往黄州。

元丰五年，也就是苏轼被贬到黄州的第三年，在他官场失意，人生失意，报国无门，回乡回京无望，生活极端穷困潦倒时，苏轼没有自暴自弃，积极生活，缔造了属于他的神话，也成就了中国文学史乃至世界文学史上的神话。

这一年苏轼三月出行，沙湖道中遇雨，同行皆狼狈，苏轼独不觉，任凭雨打在自己身上，"竹杖芒鞋轻胜马"，一路吟啸且徐行。天晴后，写下《定风波·莫听穿林打叶声》。那一场突然而至的雨，那山头斜照，那归去时的也无风雨也无晴，仿佛都是老天爷为了配合他的才华而作的即兴演出。

依旧是三月，病后初愈，与人同游蕲水清泉寺，寺临兰溪，见兰溪水西流，苏轼写下《浣溪沙·山下兰芽短浸溪》。贬官又如何？生病又如何？青丝成白发又如何？黄鸡催晓又如何？这一切苏轼都不会纠结，他只用心走好当下的路。你看，山下的溪边长满了嫩兰，洁净无泥的小沙路横穿松林，子规声声哀鸣，细雨绵绵沾衣，如画的暮春景色中，兰溪水竟与众不同，向西而流。兰溪尚能西流，怎能断言人生无再少？我相信青春与年龄无关，不过是一个人的心境罢了。那兰溪水似乎正是为了印证它不屈于命运，在逆境和挫折中仍对前途充满信心，保持乐观的心态，特意改道而流。

寒食节，"空庖煮寒菜，破灶烧湿苇"，迢迢万里，祖宗难祭，写下书法上大名鼎鼎的《黄州寒食诗帖》，被称为天下第三行书。

九月，夜饮归来，家童已眠，敲门不应，正夜阑风静，听着江声，写下《临江仙·夜饮东坡醒复醉》。真想忘却营营，驾一叶轻舟，江海寄余生。然而不过是借文字浇心中之块垒。就算学阮籍为末路痛哭，岂甘心如死灰不再复燃？

黄州职位低微，并无实权，薪俸难以养家糊口，公务之余，他便带着家人到城东开垦一块坡地，耕种以贴补生计，东坡居士的别号也得名于此。闲暇之余，他二游赤壁，写下千古名篇《赤壁赋》和《后赤壁赋》以及堪称旷世之作的《念奴娇·赤壁怀古》。

苏轼在黄州的五年，是他一生最艰难的时光，但黄州同时也成为他的精神地标，他一生中最重要的作品几乎都诞生于此。

正因为有了黄州的经历，当他被贬往更为偏远的海南，面对漂泊不定的生活，他能够做到"此心安处是吾乡"；面对无法把握的偶然和必然，他了悟"人生如逆旅，我亦是行人"；面对世态炎凉，面对一生的艰难困苦，他能够旷达淡然视之，"回首向来萧瑟处，也无风雨也无晴"；

当人生的风雨一次又一次袭来，他能够"一蓑烟雨任平生"。

人生不如意事常八九，不顺时不妨读读苏轼，把所有的苦难和不如意当作良师，在顺应中积极进取，或许苦难恰好是上天馈赠的礼物，是天将降大任于前的磨炼。

读书，是最好的滋养

"万般皆下品，惟有读书高"，那是古人之言。在这个物欲横流的时代，有谁还在读书？还需要读书吗？

许多人忙于挣钱，忙于生活，汲汲于名利，好不容易有一个假期、有一点闲暇，也常常约上三五好友 K 歌、打牌、喝茶、聊天、旅游，现在的消遣方式太多，哪里还用得着在故纸堆中折磨自己浪费光阴呢？

然而，人区别于动物的地方恰恰在于人的精神生活。一个人如果说没有精神生活，仅仅是物质生活的话，那他还不是真正作为一个人在生活，和动物没有本质的区别。而精神生活最主要的载体就是书籍，所以通过读书获取人类所创造、所积累的精神财富，可以让自己在精神上生长起来、丰满起来，读书是人过精神生活的必由之路。

读书，能滋养人的大脑和心灵，从而改善人精神上的各种缺陷，正如身体上的缺陷，可以通过适当的运动来改善一样。读书可以让人的大脑活跃起来。就像身体的其他肌肉一样，大脑也需要通过锻炼来保持它的强壮和健康。"不用就没用""用进废退"这话也特别适用于人的大脑。

读书，能滋养人的身体。人生病最重要的原因之一是不良情绪。我国自古就有喜伤心、怒伤肝、思伤脾、忧伤肺、恐伤肾之说。大喜大悲、恐惧忧虑、苦闷焦躁、纠结抑郁，这些都很容易让人生病。不良情绪也是导致癌症的罪魁祸首之一。读书，可以让我们看到更广阔的世界，让我们的内心变得更强大，在别人的欢喜中莞尔，在别人的苦难中获得力量，那些跟我们不同的人，来自不同文化或背景的人，能帮助我们了解他们的看法，重新审视原有的偏见。比起不读书的人，读书的人会对社会事件和文化多样性有着更丰富的认知，读书的人对世界的基本认识也会得到拓展，处身于纷繁复杂的社会中会更安心、更平静。所谓养生先养心，读书，能让我们拥有积极、愉悦、平和的心态，从而馈赠给我们一个好的身体。

读书，能滋养人的容颜。腹有诗书气自华，从一个人的气质中可以看出他是否爱读书。读过的书，走过的路，经历过的人和事，都会成为人身体的一部分。读不读书气质是不一样的，表情、神态、风度都会暴露出来。读书，可以让我们了解新知识，而知识就像呼吸一样，吐纳之间，可以见到一个人的气质与涵养。在某种程度上，读书累积的知识量还可以让我们获得一定的优越感，而优越感也是建立自信的一种方式，自信，是人最好的保养品。许多老学者老得非常美，让你惊叹人老了还可以这样光彩照人，就是这个原因。

读书，还能滋养我们的孩子。孩子在成长过程中，爱读书的父母形成一种良好的精神氛围，孩子会受到直接的熏陶，成长中会得到很好的滋养。

人生最美好的事儿莫过于读书。如果你还没有开始的话，试着打开一本喜欢的书吧，静下心来，重拾生命中最好的滋养。

放下手机多读书

古人说："一日不读书，心源如废井。"他们践行熟读圣贤书，知晓天下道理，而后成就立德、立言、立功三不朽。

忙碌的今人也在阅读。患上手机依赖症者更是勤奋，坐车也罢，走路也好，掏钥匙开门时，蹲厕所的几分钟，甚至进餐咀嚼饭食时，睡前，醒后，第一要紧事都是拿着手机做低头"勤学"一族，一手刷屏，双目紧盯，不漏过一行文字，不错过一条信息。手机仿佛成了人体的一个器官，一日不随身携带，心便觉得空空如也。

细观之下，"低头族"所看内容或是肥皂剧，或是鸡汤文、励志文，或是搞笑段子，多为快餐文化，看时了然，看后茫然。离开手机须臾，"勤学者"们的心和脑依旧空空如也。

这让我想起一幅漫画，100多年前躺在床上吸食鸦片和如今躺在床上玩手机的对照图，他们的姿势是何等相似。那时吸食鸦片的人常常躺在床上吸食，而如今的电子鸦片却是时时处处均可为。手机就这样作为电子鸦片侵蚀着人们的每一天，甚至操控着人们的喜怒哀乐，许许多多现代人就这样放任自己在不知不觉中成为新一代的"瘾君子"。

我们在整天刷屏的同时，忘记了生而为人的幸运，整日低下高贵的头麻木而心甘情愿地任由手机操控着我们的生活。

这样一天又一天过着，某日蓦然回首，竟然发现今天不过是昨天的重复，今年不过是去年的翻版。在时间的长河中追溯而上，发现自己的五年，甚至十年又何曾有过变化？除了新添的几丝白发，除了感叹岁月的流逝，自己何曾有过那收获？年轻时的梦想淹没在无数平庸的日子中，最终遥不可见。

想一想父母生下自己时寄予的期望，想一想曾有过的梦想，鸟欲高飞先振翅，人求上进先读书。是时候放下手机多读书了。想重拾梦想，想去探索生活中的无限可能，那就先读书吧。

书犹药也，善读之可以医愚。把刷屏的时间用到读圣贤书、经典书上，多读那些真正感动你生命的文字，你会发现，那些你看似理解的文字恒读恒新，恒读恒悟，真正是开卷有益，掩卷深思。

经过时间河流的冲刷、大浪淘沙后留下的经典作品，它们不是一次性的消费品，它们可以反复地、无穷次地消费下去。而每次在这样的消费过程中你会发现，读书犹如生活中有长者智者相伴，他们循循地指引着你。久之，你也会发出"仰之弥高、钻之弥坚、瞻之在前、忽焉在后"的喟叹。久之，说不一定又一位智者、贤者抑或学者也就诞生了。

放下手机多读书，至少，先贤智者的思想丰富你的人生，你的日子不再是明日复今日，渐渐地你那淹没在红尘中的梦想又依稀可见。

秋雨绵绵好读书

生命是一个偶然，从呱呱坠地到悄然辞世，从来都非己所愿。来都来了，那就好好地走一遭，好好地阅尽人间的风景。

生命是一场猝不及防的旅行，旅程的尽头千篇一律，枯燥乏味，都是辞世。于是，趁活着，带上身体和灵魂，或者至少一样，行走在路上。

一场秋雨一场凉。一点一点加深的凉意和路面的湿滑终归阻挡了出行的双足，即便隔着雨帘执伞而观，也不能尽得秋景的妙处。

于是，重帘半卷，捧一本书，打开一扇窗，在文字中遨游，在句逗段落间与古人今人一道作短暂的歇足。眼乏之余，望一眼与己无关而又相关的窗外的潇潇秋雨，刚好悟到书中所读的"门前风景雨来佳"的美妙。

目光重回书本，翻看那一页一页展开的未知世界。因为未知，每一处都藏着惊喜；因为未知，每一页都能体会到不一样感悟或是感动；因为未知，每一页都是对下一页的一次邀约。这样一卷在手，任它窗外点滴霖霪，任它空阶滴到明，任它木落水尽千崖枯，不知不觉中吾亦见真吾。

秋雨是节候的馈赠。古人言读书三之余，冬者岁之余，阴雨者晴之余，夜者日之余。秋雨天正是节候赠予的读书的好时光啊。秋雨袭来，寒凉加深，蜗居在室，文字中自有无限的春光，文字中自有灿烂的星空，文字的温暖和美赐予我们灵性和自由。

秋雨是轻拨的素琴，以琴声相伴，在文字打开的世界中，我们读到历史的沧桑，读到天地的沉浮，读到宇宙的浩渺，虽足不出户，自可目极八荒，心游万仞。

秋雨是母亲的叮咛，温言软语相劝，方知寸阴之可贵。执书在手，让灵魂融入书的海洋，让书的内容融入生命，让心灵拥有一个比海洋更宽广、比天空更浩瀚的空间，让生命拥有一场不一样的旅行。

秋雨天读书，是一场灵魂的浪漫旅行，也是一种诗意的生活状态。

心如花木，向阳而生

　　"近水楼台先得月，向阳花木易为春。"这是北宋诗人苏麟所写《断句》中的诗句。起因源于范仲淹担任杭州知府时，城中文武官员，大多得到他的提拔和推荐，唯苏麟担任巡检，常常在外，没有得到什么照顾。心情抑郁的苏麟某日终于想出了一个办法，求见，献诗，并虚心地向范仲淹求教。

　　范仲淹读着苏麟献上的"近水楼台先得月，向阳花木易为春"，会意而笑，苏麟很快得到了提拔。这两句诗写出了靠近水边的楼台因为没有树木的遮挡，能先看到月亮的投影；而迎着阳光的花木，光照自然好得多，所以发芽就早，最容易形成春天的景象。诗写得很含蓄，它借自然景色来比喻因靠近某种事物而获得优先的机会。范仲淹很有学问，一看这诗句自然明白了苏麟的心思。

　　苏麟借着自然景物的特性作诗，接近范仲淹，事实上也是从自然景物得到启发，选择了向阳而生。能够推荐他、提拔他的范仲淹对他而言，相当于那缕阳光，他靠近阳光，选择向阳而生，自然很快迎来了仕途上的春天。

大自然是人类最好的老师。绿色植物都具有向光性和向上性，它们努力地朝着阳光向上生长，阳光充足的一面长得更加繁茂，花开得也更加艳丽，结出的果实也更加甜蜜。

向阳，正是向着光明，向着志向，向着理想。

人如花木，向阳而生，才能得到最大限度的成长。

向阳而生，当一个人明确了自己的志向，并围绕这个志向做不懈努力的时候，全世界都会为之让路。就像压在巨石下的草，哪怕巨石挡了它的道，从罅隙或从侧面，它终将露出头，向着阳光，向上生长，长出属于自己的绿荫。

向阳而生，心中有光，就不会被黑暗所吞没，相信"长风破浪会有时，直挂云帆济沧海"，黑暗中自会摸索着前进，终会到达自己的终点。如袁枚笔下的苔，"白日不到处，青春恰自来。苔花如米小，也学牡丹开"。哪怕阳光照不到，哪怕在一个不适宜生长的环境，只要心中有理想，向着理想，就可以如牡丹一样以自己的方式绽放。

向阳而生，是选择成长之路，永不放弃。即使失败，也相信失败不过是成功的垫脚石，失败是为了更靠近成功一步；而成功不过是走过了所有通向失败的路，最终达到的终点。

向阳而生，心永远向着未来，哪怕一次又一次被生活欺骗，也不会悲伤，不会心急，也会镇静地迎来自己的春天。

心如草木，向阳而生，不仅是一种乐观的生活态度，更包含了一种睿智的人生哲学。

终日向人多蕴藉

年少时读李清照的《浣溪沙·病起萧萧两鬓华》，最喜欢其中的两句："枕上诗书闲处好，门前风景雨来佳。"这句词朴实无华，读书不求甚解的我也能读懂。本来也喜欢"终日向人多酝藉，木犀花"一句，但不知道木犀花是什么，也就罢了。

后来秋雨霏霏中再读李清照，才知道木犀花就是桂花。

从此，无论是行走在刘禹锡所言胜过春朝的秋日，还是宋词中细雨绵绵添作愁的阴雨天，只要桂花香袭来，总是想起"终日向人多酝藉"这一句，作者对桂花深沉含蓄的爱让我感动。

寒露过后，一场秋雨一场凉。为了生计，很多时候不得不顶雨出行。雨丝斜斜地飘入裸露脖颈的同时，一颗心也难免变得凉凉的，像阴沉的天空，悄然下着属于自己的雨。可是，走着走着，忽闻暗香袭来，像谁伸出一只灵巧的小手，把阴暗的天幕撕开一角，瞬间一缕明媚的阳光温柔地照进心田。

循香而觅，仰首四望，一株桂树枝叶纷披似伞而立。更令人惊喜的是那浓叶中暗藏的小花，一簇簇、一团团、一粒粒，"暗淡轻黄体性柔，情疏迹远只香留"。伫立树下，在花香的包裹中黯然的心变得柔和。纵然有历遍山川的沧桑，但这一刻，世界毕竟温柔以待，风雨中来来去去，一树桂花香永远停留在那儿，默然相伴。"何须浅碧深红色，自是花中第一流。"我又何必奢求一生的晴空丽日，看凌霜而开的桂花，它自己撑起一片晴空。

童年的桂，一半高高在上，遥不可及；一半近在咫尺，每夜相亲。它在月宫，在老屋院坝的上空，在妈妈娓娓道来的故事里，在我无限遐想的凝望中。它枝叶婆娑，清凉了我无数个躺在长条凳上的夜，它花香浓郁，氤氲了我的整个童年。后来读到杜甫的"斫却月中桂，清光应更多"，却庆幸吴刚伐桂，桂树可以随砍随合。不管是天宫，还是人间，我不要更多的清光，我宁愿桂树岁岁绿树成荫，宁愿桂花年年香气馥郁。

童年的桂是恬静的，是清凉的，是梦幻的。

入城工作后，桂树随处可见，人行道、小区、公园，甚至一些人家的庭院都有种植。每到花开的时候，空气中到处弥漫着甜甜的桂花香，秋天仿佛成了一个充满香味的季节。那恣意绽放的米粒样不起眼的花儿，香味儿弥天盖地，给沧桑的人以慰藉，给风雅的人以灵气，给天真的人以烂漫，给垂垂老矣的人以怀想。

在桂花树下看一本书，微风过处，花落衣襟，花染字香，半日闲暇后，灵魂似乎也染上了香气。

在桂花树下约三五知己小酌，桂花入酒，氤氲着过往，也氤氲着未来，长长的岁月在唇齿间咂吮出桂花的香味。"一尊聊对桂花开"，前路漫漫相伴行。

成年后的桂是多情的，是含蓄蕴藉的，是疗愈的。

有向人多蕴藉的桂相伴，哪怕病起萧萧两鬓华，哪怕欲渡黄河冰塞川，哪怕将登太行雪满山，也相信"长风破浪会有时，终会直挂云帆济沧海"。

相逢是首诗

认识《零度诗刊》和零度人，仿佛遥远得是许多年前的事了。当初源于对诗歌单纯的爱，我用 QQ 搜索诗歌群，加入了零度聊吧，我不知道那时是否已有《零度诗刊》。或者是先有了零度聊吧，再由零度聊吧中对诗歌有着别样情怀的人发起，筹划、努力，然后才有《零度诗刊》?

因为网络上的一次搜索，我加入了零度聊吧的 QQ 群，也没怎么发言，更多的是以诗歌爱好者的身份看各位诗歌大咖发诗和发言，向他们学习。其实，当初很可能因为我沉默，长期潜水于一个群，而与零度和零度人失之交臂。然而，大千世界、芸芸众生的相逢又是多么奇妙的事，是缘分，更多的是必然。不知何时，也不知何故，我和《零度诗刊》的社长兼执行主编笑程互加 QQ（那时还没有微信），成为好友。

或许是源于乡愁，出生綦江居于成都的笑程老师对我这个老乡关爱有加，提携有加。他内心希望他们创办的诗刊上能出现更多老乡的名字，或者说殷切地期盼着自己心心念念的家乡人能够走出狭窄的小天地，思想和作品不仅仅囿于小城。希望我们能放眼更广阔的世界，能登上更大的舞台。

初为好友，他便让我发几首近作过去。我把自己信笔涂鸦的稚嫩之作（那些羞于称为诗的分行）发给他，他认真阅读后更多的是鼓励，对过于直白处提出委婉的批评。由于笑程老师的引荐，从此我和《零度诗刊》、其他零度人结下了缘。笑程老师不但对我的诗作进行指导，还不断给我寄来《零度诗刊》及零度人出版的优秀诗集。在笑程老师的悉心指导下，2018年，我的《高处的鱼》等三首短诗终于发表在《零度诗刊》上，这是我第一次以分行形式将诗作发表在本地纸媒之外的专业诗刊上。对于一个长久仰望缪斯的人来说，这样的发表于酸涩的脖颈有着怎样的成就感，于渴慕的双眼有着怎样的慰藉，对一个诗歌爱好者的成长有着怎样的激励和帮助，恐怕当时的我和现在的我都是难以言说的。或许当我成为一名真正的诗人，隔着一段更长的时光的距离，才能看清它的作用。

2019年，在笑程老师的热情邀请下，我参加了由零度诗刊社主办的何兮、沈西诗画集《画说》分享会，真正走近零度和更多的零度人，与零度诗刊社零距离接触。我惊讶于零度诗刊社坐落于成都小区单元楼中的幽雅和别致，惊讶于许许多多零度人对诗歌的初心和执着，仿佛红尘中的一股清流，仿佛闹市中的一声鸟鸣，仿佛幽兰的一缕馨香，我充分感受到了零度和零度人的魅力。

那种心态、欲望、名利归零，那种直面生活，情感抒写、道以为诗的写作理念，那种听从于诗歌的原始感召并探究汉语语境下的诗学存在，力求重现汉语魅力的历史使命，让我充分地感受到了零度人的情怀。正是零度人对诗歌纯正的情怀，在筹资极为困难的情况下，在纸媒刊物生存举步维艰的状态下，零度诗刊社能够每年四期，按时出刊十年，这样的奇迹不能不令人惊叹。零度诗刊社刊发中国大陆、港澳台及东西方国家，涉及地域和民族宽广，这样的襟怀和包容度不能不令人惊叹。零度诗刊社创刊以来，能够一直坚持用进高校、进企业、融入自然等方式举办各类诗歌活动，在生活和自然中寻觅诗歌的火种，照亮凡俗的日子，这种星火燎原之势不能不令人惊叹。

正是有着笑程老师及其他优秀零度人的引领，正是因为《零度诗刊》及许多零度人出版的优秀诗集的滋养，渐渐地我从一个诗歌爱好者转向为一个不敢懈怠的诗歌创作者。有形和无形中的零度力量督促着我在鸡零狗碎的日常中发现诗，抓住诗，在键盘上敲打，在稿子上定格。2019年、2020年，我相继有短诗发表于《零度诗刊》。

我和零度的相逢源于诗，相逢是一首诗，相逢使我创作了新的诗。

相信我只是受到零度引领及滋养的无数人中的一人。零度及零度人的星星之火，照亮和引领了我，也照亮和引领了同我一样的无数诗歌爱好者。

真心祝愿零度及所有零度人的明天越来越美好！

遇见香红

茫茫人海，漫漫旅途，总会遇到许多人。有些人匆匆擦肩而过，成为生命中的过客，有些人是上天给予的恩泽，注定会停留下来，成为生命中的贵人。

遇见香红，是属于后一类型。

哪怕是网络上的遇见，也让我有相见恨晚之感。如果早五年认识，说不定在她为我打开的一扇门中，我早已窥见文学殿堂的无限美丽，也早已踏入播种美丽文字的行列。说不定在我的田地，已是草木葳蕤、繁花一片。

和香红老师初识，源于对文友朋友圈一条动态信息的关注，已忘了具体内容。信息中提到香红写作学院，似乎也简略提到了文友在香红写作学院的收获，我毫不犹豫地添加香红老师为好友，可是她似乎设置了不能主动添加，后来还是通过文友的推荐，香红老师添加了我，从此我也就成为香红写作学院这个大家庭中的一员。

香红写作学院的学员都是来自天南海北的写作爱好者,在文字中有着自己不同的梦想。香红老师善于擦亮逐梦者的眼睛,让每一个人看清自己的梦想和前面的路,也善于指导每一个人给自己的梦想之树浇水、施肥,让梦想的种子出土、发芽、成长。

写作学院每周在线开课一次,作业辅导一次。

香红老师的授课特点是启发式的。比如她在讲到寓教于乐报刊文的写作时,讲到报刊文不是写完一个事儿板着面孔一本正经地再讲一个道理,而是要求我们对日常生活小事进行提炼、加工,设计一个有趣味的与时俱进的故事,语言上力求生动形象、幽默风趣,这样读者在阅读的时候感受到的是故事本身蕴含着一个道理,让读者在阅读中自己悟出一个道理,而不是说教式的硬塞一个道理给读者,让读者反感。她在讲到写作标题的重要性及判断中说道:文章的三步是组织好语言,把握好结构,提炼出好的立意。但是,做到这些还不够,还要用逆向思维设计一个标题,一个让读者产生疑惑、好奇,或者是拟一个让读者觉得新奇的标题。她谈到她发表在《厦门晚报》的一篇文章《我教父亲"谈恋爱"》时,文章标题就打破了常规。现实生活中,父亲恋爱的时候,我们还没有出生,我们出生,说明父亲已经成家了,这个时候,一般是不会再谈恋爱的。这样的标题,读者自然而然会产生好奇,为什么会教父亲谈恋爱?是一场什么样的恋爱?文章的主题其实是作者教习惯暴力沟通的父亲,慢慢转变为一个勤于赞美、温暖、浪漫的人。新颖的标题总是在第一时间吸引读者,让读者产生阅读下去的欲望和兴趣。

香红老师会在每次写作课后布置作业,然后在辅导课上针对学员完成的作业进行辅导。

我记得第一次交作业进群参加辅导,心中非常忐忑。香红老师每周的一节辅导课辅导十篇文章,晚上七点开始群内接龙排队,好多人早早就在群内发起接龙,一不留神就排不上号。虽然十篇以后的也可以发邮箱辅导，但总觉得邮箱上有着时间差的回复缺乏一种温度。到了作业辅导的那一天，我时时留心手机，担心排不上号，排上号了又担心枯坐几个小时绞尽脑汁写出来的小文章被彻底否定，担心过于稚嫩的文笔被老师或者群员无心地笑话。接受了几次辅导之后才发现，香红老师是一盏灯，她照亮每一个初学者的漫漫写作之路，她让每一个初学者看到远方，看到希望。她给人以信念，让人踏实地在文字路上耕耘，告诉每一个耕耘者，有她相伴，有写作学院的大家庭相伴，你独坐一室阅尽万卷并不孤独，独坐屏幕前码字值得坚持。你的文章写得太散了，她会点评后说从哪儿着手修改一下，看是否能在随笔专栏发表；你的标题太传统了，她会说擅长写这一类型的文章也没有关系，坚持写下去，积累到一定的量可以出书；你的文章太浅显、大众化了，她会让你试着把语言修改得幽默一点儿，文章结构调整得故事性强一点儿，然后推荐发表于报刊。似乎在她眼中，你用心写出的文字都是有存在价值的，都是不会被淘汰的。她用她特有的方式不露痕迹地告诉每一个文学爱好者：只要坚持，时间因人而异，或长或短，但总会梦想成真。

可惜进入香红写作学院后不久，因为新冠肺炎疫情国家倡导广大市民广泛接种新冠疫苗，建立有效的免疫屏障，作为一名医务人员，每天十小时以上的工作让我难以挤出时间听课、完成作业。当然，即便这样，我还是一直关注着香红老师和她建立的大家庭，由于激励的作用，稍有闲暇，我便投入读书和码字中。一旦虚度光阴，便心存愧疚，仿佛不但辜负了自己，也辜负了香红老师的一片苦心，辜负了大家庭中其他成员的殷殷期待。

这样断断续续地坚持下来，我自己也能明显地感受到自己的成长。这一年写作的文字量近十万字，是天性疏懒一直主张随心随性生活的我没有料到的。文章零散地发表于报纸杂志，偶尔也能在某次征文中获奖。最重要的是我享受到了文字带给我的持续的愉悦，这种愉悦强化着我的坚持和自律，在我的生活中形成了一个良性循环，让我真正地感受到了文字带来的治愈作用，并充分地感受到生活的无限美好。

遇见香红，也是遇见美好，我愿意和她以及她所建立的大家庭一起走过余生，让我的梦想之树葱茏葳蕤，繁花似锦。

第三辑　行走四季，浅醉流年

着一身旗袍

看电影《花样年华》，其实是喜欢看张曼玉穿着各色旗袍的风情。

一件件迷人的旗袍熨帖地裹在她修长的身上，恣意绽放着美轮美奂的风韵。眉目间流淌着难以言说的情愫，举手投足间那样的温婉雅致，那样的妖娆动人。

看着看着就觉得，着一身旗袍，在时光的碎影里蹁跹地走着，何惧前路坎坷，何惧岁月催人。

这样曼妙的身姿，这样温婉的风韵，自有风生水起的故事，自会在尘世留下永久的印记。

戴望舒《雨巷》中那撑着油纸伞的姑娘，丁香一样结着愁怨，一袭旗袍款款而行，在那个悠长又寂寥的雨巷走着。那袭旗袍增添了女子无限的诗意。后来读到叶倾城的文字，"灯火初上，着一袭旗袍香风细细在城市的陌陌红尘里，毫不夸张的面料，却有蝴蝶的色彩和构图；婉约到极点的式样，却分明说着无比大胆的春光。沉静而又魅惑，古典隐含性感，穿旗袍的女子永远清艳如一阕花间词"。凭着这一阕花间词，我便全然不管不顾她接下来说的旗袍尴尬了。

从此，我认定旗袍是最具中国风的服装，它彰显的是花间词一样的民族文化。含蓄中透露出性感，庄重中展现着个性，尊贵中体现着风情，简约中糅入时尚，艳丽中有着自然。

它高高的衣领，恰到好处地收紧女子的脖颈，掩盖着岁月沧桑的痕迹（或深或浅的颈纹），却又隐约间露出洁白细腻的皮肤。有弧度的腰身，恰如其分地凸显出女子玲珑的身段，柔若无骨的腰，行如弱柳扶风。一双玉腿在高开的叉下轻轻摆动，若隐若现。穿着旗袍的女子，无意中便添了一分灵动，多了一分优雅，自成一道亮丽的风景，引得无数行人回首。

人以衣显，衣以人彰。于是平凡如我，也希望借着旗袍的风情把平凡甚至平庸的我变得风姿绰约，一扫我漫长学生时代的耻辱。

那时候的假小子形象曾一度让同学为我担忧，说我将成为尘世间又一枚剩女。

的确，身材矮胖如我，偏偏一年四季修剪成极短的男士头。春夏是运动鞋，T恤配牛仔裤；秋冬是运动鞋，牛仔裤配夹克。无论是背影还是正面，很难让人看出作为女性的柔美。再加上说话大大咧咧，走路大大咧咧，且饭量惊人，难怪闺蜜一度说我，谁会娶这样一个有着男生饭量的不像女生的女生，那会让别人以为娶回的是一个同性！初中时便看遍琼瑶小说的我很不以为然，特自恋地以为自己不羁的性格和形象摆脱了小女儿的矫揉造作，自有别样的洒脱，自有出尘的气质，一定会赢得一个独具慧眼的男子的痴情，而这男子一定俊朗无比，帅气十足。到时，让那些嚼舌根子的人垂涎去吧！

然而，大学四年，先是同寝室的人有了约会对象，慢慢地全班女生似乎都在演绎着地上情、地下情。而我，依旧是孤家寡人。最多只能在女生约会的空档期成为她们情感的忠实倾听者，在她们倾诉时提供于她们而言可有可无但我自己认为无比重要的建议，感情一片空白的我就这样自以为是地扮演着情感分析家的角色。最让我感觉耻辱而一直不曾道于人的是大四那年发生的一件事。九十年代初，各种舞厅盛行。一次和同学相约去跳舞。当音乐响起，同行的女生在陌生男子优雅的"请"的动作下，他们一曲又一曲地翩翩共舞，我则坐着冷板凳久无人邀约。后来，在朦胧的灯光下，终于走来一个看似羞怯的男生。当然，他也是环顾四周再无女生能请的情况下走向我的吧？我激动地跟随着他步入舞池。当我把手搭上他的肩膀，当我们终于开始挪动脚步时，他却告诉我，他要上卫生间，说完便自顾而去，留下我呆愣愣地在舞池中央一脸尴尬。在我明白自己被无情地抛弃后，只好独自呆愣愣地回去，继续坐着自己的冷板凳。

从那以后，我开始检讨自己缺失的女性特征。家中四姐妹，父母终日面朝黄土背朝天地在土地上讨生活，还不足以糊口，当然就更没有时间规范我的行为。我从小跟在三个哥哥身后，玩泥巴，打架，爬树掏麻雀，男孩子会的，无所不能。跳绳，踢毽子，织手套围巾，女孩子会的，无一能会。就连扎辫子、梳马尾这些所有女孩子都能自己完成的事，我也无力完成。于是，一头短发，无人打理，终于顺理成章地长成了一个酷似男孩的野丫头。琼瑶小说中的人物形象对青春期的我起了一定的误导作用，让我错把离经叛道、叛逆、非主流当作洒脱和美。在别人面前我可以装得满不在乎的样子，但现在回头看那时的日记，唯有空白、苍茫与悲凉可以形容。

我开始蓄上长发，积攒工资买好看的裙子。我终于有了几分女子的娴雅。后来则是义无反顾地爱上旗袍。我开始穿高跟鞋，留意自己的言行，学着温婉地说话，学着娉婷地走路，学着娇媚而含蓄地微笑，为的是配上新买的旗袍，为的是穿上旗袍的我能有一丝张曼玉的风情，眉目间能有一点儿花间词的优美雅致。

犹记得第一次穿上一件白底蓝碎花的旗袍去赴约。那是一件布袍，虽然没有丝绸的华丽高贵，但还是把我的一身野气荡涤得干干净净。我终于第一次被异性夸赞有着大家闺秀的风范。当我们在溪水潺潺的沙滩上约会，接吻时，他用迷醉的目光看着我，我终于第一次听到异性夸我真可爱！经过好多次的约会后，我就这样用旗袍成功地包装自己嫁作他人妇。

毕业后各奔东西的同学听说我结婚了，无不惊异："她居然嫁出去了？谁有如此强大的内心接纳她啊？"

多年后同学相见，惊讶于我一身旗袍包裹出的女人味，惊讶于如今与从前的我判若两人。

旗袍让我从虚张声势的"自信"，变得知性而笃定，温婉而风雅，从此感受到了不一样的人生。

让他们惊讶去吧。我愿着一身旗袍，把深深浅浅的路走得摇曳生姿。

我愿着一身旗袍，优雅地慢慢变老。

半日户外闲

连日秋雨，不得远行，也不得近游，雨丝细细密密，亦如愁思缠绕。好在久雨必清，逢日光朗照，走到户外，愁思便如雨丝，不见丝毫痕迹。

想着大学校园的木芙蓉应该开了，趁着秋日明媚，正好去赏花。一个人，无须开车，绿色出行，坐一段公交即到。公交车上，逢着同事，职业使然，谈起生命和健康，感慨今年的职工体检又检查出两个癌症患者，其中一个非常年轻，未满三十岁。聊起了同事的父亲，他七十多岁，也有阿尔茨海默病的先兆。

到站下车，阳光暖暖地照在身上，不由得仰面，让整个人沐浴在秋光中。那一团团、一缕缕、一片片的云就这样一下子进入我的眼眸。

我的心也跟着形态万千的云或舒或卷，徜徉天庭。那厚而蓬松的，是棉絮，秋阳正好，在散发着阳光味道的棉絮下美美地睡一觉，做一个梦，将给自己增添多少暖意和希望啊；那深不见底纵横绵延的，是云山云海，我踏着云阶月地，万古的桂树婆娑如故，香气既清亦浓，馥郁千里，我嗅着桂香行百遍而不疲；片羽般飘飞着的，许是诸葛鹅毛扇上的一根，且拾取收藏，或能学得智慧半分，在平淡的生活中偶尔散发出星星般的光芒。毕竟是雨后初霁，天际也有黑云翻墨，或许别处也有白雨跳珠，我自不管，素履以往，只往我心之所愿。

边走边看云，不知不觉就到了大学校园的侧面。侧面正在修门，修围墙，我来得正好，明年或许不能在书香中赏花了。

首先映入眼帘的是樱花。我又疑心那不是樱花，用花伴侣识别，相似度百分之九十五，想来可以确定是樱花了。我看到的是粉红色的花，小巧玲珑，五六朵挤在一起组成一个花球，一簇一簇地缀在没有叶的枝上，好像花神特意派来安慰光溜溜的樱树，那并排着的一棵棵树因着这些花球在云天下热闹起来。

木芙蓉开得正好，一片繁盛的样子。碧绿的叶片比枫叶大，比枫叶厚实，葱葱郁郁，像一颗颗宝石，在秋日下闪闪发亮，美丽的叶片却并未遮挡花朵的艳丽。夕照下，一朵朵芙蓉向天而开，我疑心是花仙子裁的一缕绮霞做成霓裳，好穿着它在高远的秋空下尽情舞蹈。微风过处，碧绿的叶片也跟着翩跹，在清寂的秋中，它们舞出了生命的旋律。

日落西山，兴尽而归。兴来独往，胜事自知。行看云起，行看花开，万物含清晖，清晖能娱人。江山云日何曾有主人？我做了半日的闲者，也就做了半日万里闲云和满园花朵的主人。

诸行无常，人的情绪也很难做到波澜不惊、如水平静。不如日出云开时，走到户外，来一场偶遇，或是与同事朋友，或是与花、与云。在一次短足中，与友、与花、与云相遇，与最好的自己相遇，即成当下的真实和恒常。

层林尽染赴冬约

未下雪的冬，不用巴巴地等一场雪落，只需要一个和煦的日子，登一座山，走入层林深处，便可以开启你和这个冬的浪漫之约。

阳光和风霜是大自然手中的妙笔，它给一座座山涂上缤纷的色彩。每到冬来，更是浓墨重彩，以一抹抹亮色点染，展示这个季节的生机，述说冬日临、春日不远的希望。

山中，最先入眼的或许是红枫，那比二月花还好看的枫叶。早在一千多年前的唐朝，夕晖下的枫叶就已经把杜牧迷得停车驻足。他沿着蜿蜒曲折的小径，远上寒山，遥遥地看见白云深处一缕炊烟袅袅，似乎还有鸡鸣犬吠声传来。行至某一处，喜爱之极，遂不再前行，静静地欣赏着那夕照枫林的晚景。只见夕晖晚照下，枫叶流丹，层林如染，满山云锦，如烁彩霞，竟然胜过春花的火红和艳丽，自然惹得诗人流连忘返。

今人看红枫，许是觉得它像小孩子红扑扑的脸蛋，万般怜爱中，恨不得亲一口，捏一把。于是摘下一片叶，贴在额前，黏在脸颊，像古时候的女子对镜贴花黄，在对镜贴枫叶中暗暗比着，是貌比叶美，还是叶胜貌强。一片片红枫的霜后之色还像吉祥的中国红，仿佛与之相亲相近，便得一生吉祥如意，于是人人争相前往，一睹为快。

山中，各种黄在苍绿浅绿中格外耀眼，像一树树燃烧的火，让人眼前一亮。银杏的黄、梧桐的黄、玉兰的黄层次不同，各有各的特色。

梧桐叶是斑驳的，大如芭蕉扇，小如手掌，黄中夹着褐色，即将飘零，叶脉也是清晰的。或许梧桐树肩负着引来金凤凰的重担，故风霜之下，风格不减。"梧桐真不甘衰谢，数叶迎来尚有声"，这是古人在赞美梧桐刚强的抗争精神和顽强不屈的生命力。但梧桐不宜雨中相看，愁眼相对，否则更添一缕愁思。譬如，"梧桐更兼细雨，到黄昏，点点滴滴。这次第，怎一个愁字了得"；又如，"草际鸣蛩，惊落梧桐，正人间、天上愁浓"。所以，晴日登山，身披阳光，目染金黄，方能领略冬日梧桐的美。

玉兰树是修长的，像一个苗条的女子，婀娜多姿。它的叶像它的花一样，大气而好看。飘坠前的玉兰叶在微风中轻舞，叶子黄中带着一丝不肯退隐的绿，又夹着一绿微微的红，像无数斑斓的精灵在向你招手。

银杏是这个季节最有辨识度的树。它干壮冠大，枝繁叶茂，叶如斧头，纹路如小孩的肌肤一样细腻，它的黄最纯粹、最彻底，黄得气势凌云，黄得气派无比。"姿如凤舞云千霄，气如龙蟠栖岩谷"，是诗人对它风姿气度的赞美。它飘零时满地堆黄，像给大地铺上一张黄色的毯子，又像给人间撒下千万两黄金。"满地翻黄银杏叶，忽惊天地告成功。"银杏仿佛是锦上添花，片片金叶在阳光的照耀下流光溢彩，让人感叹大自然造化的神功，让人感受到历经几个季节的努力换得的辉煌，让人为这人间的富庶而无比欢欣。

层林尽染时，赴一场冬之约，满山绚烂，目遇之而成色。沉浸在造物者的无尽宝藏中，看之不尽爱之不竭，超然物外，足以弥补无雪之遗憾，足以成就一场探幽寻胜的浪漫。

冬日的银杏

立冬后近半月，日日霜染的银杏叶密密地挂在枝头，黄得尊贵，黄得纯粹，远远望去，像恣意燃烧的一树火，把初冬的日子映照得暖暖的。

"春有百花秋有月，夏有凉风冬有雪。若无闲事挂心头，便是人间好时节。"居住地属西南方，花不缺，雪少见。冬日对雪的期盼便转移到银杏树上。

秋天的银杏叶多是苍绿色，像一个上有老下有小、担负着重担的中年人，充满生活的沧桑。唯有给青叶充足的时间，霜降后，冬日临，银杏叶才一日一日变黄。此时虽然看不到风吹柳絮般的白雪，但处处是绚烂的银杏叶，像一只只彩蝶或栖或舞，冬便有了别样的景致，清寒的天地也就生动起来，温暖起来。

最美的是有着和煦日光的午后，老人在树下冬晒，小孩在边上嬉戏。忽然一阵风吹过，叶子纷纷扬扬，身着彩衣的孩子追逐着风中飞舞的黄叶，老人笑盈盈地望着，恍惚间觉得孩子是蝶，黄叶是蝶，天地间俱是斑斓的蝶飞来飞去。偶尔落一片两片在孩子的发上、衣上，又疑蝶栖花间，花随风动。

未识银杏树前，便觉得银杏树是具有牺牲精神的。

银杏叶最绚烂时，也是离坠落枝头零落成泥不远的时候。而它并不因为将临的萎落枯干命运而沮丧，反而尽情地燃烧，用自己最后的生命点亮沉寂的冬，带给人们无尽的美和无尽的欢欣喜悦。

识得银杏树后，对它的敬仰更是油然而生。

出现在几亿年前的银杏树，是和恐龙同时代的植物，它在进化中不断地适应着大自然的变化。适者生存，不适者淘汰，在恐龙灭绝了六千五百万年后的今天，在同纲的其他植物早已灭绝的今天，只有它坚挺地活在世上，活成世人眼中的活化石，活成一道美妙的风景。

黄透的银杏叶在摄影者的镜头中定格后，渐渐离开银杏树，留下光秃秃的树枝、树干，直指苍天。萧萧而立的银杏树有一种不屈的忍耐的美。它用钢铁般的意志耐心地等着春天的来临，然后开始新一轮的发芽、长叶，从年头到年尾，由绿色变为金黄，在离开枝头前展示着它惊人的美。一生就这样更迭着，生生世世就这样循环着，坚实地活在世上，无暇感叹红尘的虚浮、变换和无常，以特别能忍耐，特别能吃苦，特别能奉献，特别能适应的精神活成一种恒常。

银杏树又叫白果树，因其结白果而得名，果实可食用，也可入药。又因生长缓慢，寿命长，结果迟，从栽种到结果大约要二十年，四十年后才大量结果，有"公种而孙得食"之意，又叫公孙树。喜欢种银杏树的人也有着银杏树的高贵品格吧。种下它，并不是为了一己之悦、一己之食，见到它动人的美要经过几个季节的等候，吃到它的果实更需要经过几十年的长久耐心，或许栽种之人根本等不到那一天。

宋朝的李清照是喜欢银杏的。她在《瑞鹧鸪·双银杏》词作中写道："风韵雍容未甚都，尊前甘橘可为奴。谁怜流落江湖上，玉骨冰肌未肯枯。"她更多的是赞美银杏的坚贞高洁和典雅韵致，说银杏外表朴实，品质高雅，连果中佳品柑橘也逊色三分，银杏典雅大方，品质坚贞高洁，即使流落江湖，仍然保持着玉骨冰肌的神韵。

宋朝的葛绍体也是喜欢银杏的。"等闲日月任西东，不管霜风著鬓蓬。满地翻黄银杏叶，忽惊天地告成功。"他赞美银杏惊天动地以一树金黄宣告成功。

我喜欢银杏，更喜欢冬日的银杏。初冬也好，暮冬也罢，不管霜凌雪侵，黄叶斑斓，还是繁华落尽，光秃秃的枝干萧萧而立，冬日的银杏都有一种高贵而极致的美，正是这种高贵而极致的美使它长久地活在人们心中。

冬日烟雨静

　　一年中最静的季节还是冬，一冬中最静的日子还是烟雨天的时候。

　　单从色彩来看，春有百花闹，夏有千绿繁，秋有缤纷色。唯有冬，没有红花绿草，没有枝叶纷披，一片苍茫灰蒙，一身瘦骨疏枝，连天空也呈青灰色地安静着。

　　而小雪大雪已过，南方的小城没有看到雪花飞舞，堆雪人、打雪仗的热闹没有出现。大寒刚刚跟着转身，砭人肌骨的寒风犹在。这样的冬日，散步者少，老人小孩难耐朔风如刀割般的锋利，仍旧喜欢闭门围炉，烘烤着暮冬的寒意。逢烟雨天，室外便更是少见一人。沾衣欲湿，也容易湿了一天的心情，还是守着炉子好，仿佛春在室内，一屋子暖暖的，一家人暖暖的。

　　冬日如春固然好，然而闭门久，在"模拟的春室"中待长了，难免生出一丝慵懒，一丝昏昏欲睡之意。此时便觉出一种过于舒适的乏味。仿佛甜味，固然怡人，但食之过多，反倒怀念起当初不怎么喜欢的苦、酸、辣，便有了欲尝一口而快之的急切。

　　我便是怀着这样的心情离开暖炉，步入冬日的烟雨的，深切地感受到了它的静。

　　小区宽而长的跑道上不见一人。像牛毛，像花针，像细丝的冬雨无声地与我亲近。走着走着，我的发，我衣帽上的毛开始结着极细小的水珠，闪闪地有了碎钻的光芒。

　　一声鸟鸣传来，似乎打破了一个人的静，又似乎显得更静了。惊了它的，是如纱的淡烟，还是细雨的清寒？或是运动鞋走在湿漉漉的水泥地面几乎不能听到的足音？也可能它只是享受着烟雨中的寂美，用一声鸣叫为将要远去的冬送行，为即将到来的春欢呼吧。

　　一只灰雀竟然落在空无一人的篮球场，跳跃着，张望着，啄饮着。与寻常大人孩子的呐喊喧嚣、跳跃腾挪不同，现在是属于一只鸟的运动场。护栏和篮球架的影子疏疏地倒映在场地的水面上，跳跃的灰雀是在独自练习三分投篮吧？我是一名安静的观众，没有惊动它，只偷偷拍下了它疏影中的英姿。

　　继续向前走着，偶有一缕冷香袭来。四处寻觅，不见其踪。但那一缕香毕竟真切地拂过我的鼻，愉悦了我的心，在这样的烟雨天，我像那只灰雀一样，享受着我一个人的静，一个人的香。

　　雨依旧细细密密地下着，我不紧不慢地向前走着。

　　冬日烟雨静，静如鸟鸣，静如疏影，静如冷香，静如当下的心。

银杏黄

　　进入小区大门，宽阔的甬道两边各有一排银杏树，像队列的士兵，笔直地站着，默默地送着上班的人，上学的人，傍晚又一个不漏地迎接他们归来。午后，太阳把它无私的爱暖暖地泼洒下来，常有古稀、耄耋的老人拄着拐杖，或推着轮椅到银杏树下，挨着银杏树坐成两排。他们聊着走过的时光，聊着余生；或者只是默默地坐着，打量着来来往往的行人。银杏树更像是不老的沉默长者，不说话，低着头，宠爱地看着树下的老人，保护着他们，直到夕阳西下，又目送他们相继离去，和家人一起回家。

　　我爱着这两排银杏树。刚进入秋天，心里便想，什么时候银杏叶全黄了，撒落一地的浪漫？每天这样仰望着，盼着，仿佛银杏叶一天不黄，那盛大的秋便未曾来临。

　　黄承天德，最盛淳美，故以尊色为谥也。古代黄袍加身，唯有九五之尊才配着黄色，"庶人不得服赭黄"。黄色在中国封建社会里是法定的尊色，象征着皇权、辉煌和崇高等。

经霜后的银杏，黄得耀眼，黄得俊俏，黄得柔如琥珀，黄得贵气十足，犹如"旧时王谢堂前燕，飞入寻常百姓家"。

于是，我偏执地觉得银杏黄才称得上中和之色、自然之性，万世不易。我偏执地觉得银杏黄是属于咱们老百姓的色彩。要不然"黄花闺女"成了老百姓的日常用语？"黄道吉日"成了老百姓行大事时必选的佳期？确实，那黄澄澄、黄灿灿的色彩多么欢快、愉悦，总是带给人无限温暖，多像咱们的美好生活，多像一个人眼中闪耀的希望，多像对未来的无限憧憬，甚至还像咱们国家的普世价值观——天人合一、和谐共处、和而不同。

林语堂说："我爱春天，但她太年轻。我爱夏天，但她太气傲。所以我最爱秋天，因为秋天叶子的颜色金黄，成熟、丰富。"春天的银杏翠绿翠绿的，像青葱的少年；夏天的银杏叶转为苍绿，像奋斗中的青年。无论春天还是夏天的银杏叶子，它们都习惯紧紧地抓住枝头，似乎只有这样才能抓住整个世界。秋天的银杏如同经历世事的智者、仁者、勇者，那样丰满、沉稳，不惑、不忧、不惧，懂得放手，深谙取舍之道，放手之际已赢得更多，像经过百般奋斗终于获得的丰收。

金风拂过，一树的银杏黄幻化成蝶，漫天飞舞，满地的小朋友仰着小脸、双手捧着跟在后面追赶，他们也成了无数小蝴蝶，这难道不是美的力量吗？小朋友们发现美，欣赏美，继而又创造着美。银杏黄的美像音乐一样洋溢八荒，但它也并不骄傲，也不隐遁。它成熟了，从容落地，因为它懂得，季节是在交替中进行；叶片金黄，因为它懂得，这是一次美丽的蜕变，是为生命书写华章！银杏黄的时光深处，有着岁月的静美。岁月，因沧桑而绚丽；生命，因历练而丰盈。

置身于银杏黄的世界，捡拾一枚落叶，在叶的轮廓中感触叶脉的跃动，让心归零，伴一缕阳光，醉一份思绪，倾听风之低语，静赏落叶之美！在这样一个风情万种的季节，追逐一抹银杏黄，邂逅一缕斑斓，品读一枚落叶，感悟一份历练……

　　我爱这温暖、灿烂的银杏黄，我爱这充满希望的银杏黄，我爱这经霜后睿智的银杏黄。我愿每个人的人生都能成就自己的银杏黄。

草木有本心

"霜叶红于二月花。"枫树在奉献了半生的绿后，在离开人世前，又捧出一颗火热的心，在枝头燃烧自己，给人以最后的温暖，给诗人笔尖以不竭的源泉。

她多像我们的母亲，为儿女操劳一生后，心中依然牵挂，除了跳动着的爱，再也给不了什么。衰老的身躯，浑浊的双眼，渐渐多了一分畏缩和愧疚。如果儿女需要鲜活的心，她也恨不得掏出来奉上。

行经小区的时候，曾看到一个六十多岁的婆婆正拿着一根长竿踮着脚尖，打着她家窗前的一棵枫树。随着啪、啪、啪的声音，红红的枫叶一片片飘落在地。枝上那些不肯掉落，她便开始第二轮、第三轮的杖打。有一些掉落在修剪成蘑菇状的绿植上，长竿便追逐到绿植上杖打，直到枫叶散落一地她才停下来，地上的枫叶像一大摊流动的血液，树枝光秃秃的，像秃鹫吃过腐肉后的骨头。

我问她为什么要打叶子。她说叶子本来就快要掉落了，不知道什么时候风一吹，会飘入她家的屋子，东一片西一片的，这下省却了打扫的时间。

她一竿一竿地打着那些将落未落的叶，多像一个人鞭打着自己或他人的暮年，而满地来不及喊痛的红红的枫叶，又多像被提前驱逐的暮年。

天气好的时候，过敬老院时经常会碰到几个老年人扶着拐杖，坐在木椅上晒太阳。他们一律穿着与天气不符的厚厚的衣服，将自己瘦小的身躯像蚕宝宝一样包裹在里面。我好奇地问他们的年龄，都是耄耋之年，生活不能完全自理。说老了，没用了，只有等死。儿女等不及了，所以送到这儿来。随后会自我开解一句，儿孙都要忙着挣钱，要过生活，没办法。我听出语气中的不情愿。落叶归根，人老了更渴望亲情，生理上的衰弱更加深了心理上对亲人的依恋。然而生活，是生下来活下去，儿孙需要谋生，先谋生，再谋爱，物质决定精神，就是支付敬老院每个月的开支，也需要儿女努力工作才能换来。

我记得以前看过一篇《爸爸，求求你了，进敬老院吧》的文章。说一个中年人每天像陀螺一样不停旋转——工作、照顾瘫痪的父亲、尚小的孩子，最终心力交瘁，哭着求老父亲住进敬老院。一直强烈反对入住敬老院的父亲最终妥协默认了。

暮年、衰老，于是总是因这种那种的原因充满了不堪。

生老病死，本是自然规律，顺应自然，顺应规律，无为而为，应该是人类的态度。然而不停地追逐让人类难以停下脚步。我们总在想着加速、加速、加速，为了让一片枫叶提前落地不惜举起长竿，为了生活只能选择疏远亲情。

今天老人的悲哀，也是年轻人暮年的悲哀。

草木有本心，何求美人打？

悲哉哀哉，坠落的枫叶！

对着岁月的镜头，莞尔一笑

辞故纳新。送走旧年，迎来新年。不妨对着岁月的镜头，莞尔一笑。

回望走过的一个又一个的日子，身后一串又一串的脚印，像飞鸿踏雪泥偶然留下的一点儿指爪痕迹。有一些甚至已经看不到印记，它们早已消失在岁月厚重的烟云中。

不管是否留下蛛丝马迹或雪泥鸿爪，它们都是我们的经历。回望来处，展望远方，我们只需要对着岁月的镜头，莞尔一笑。

对着镜头的我们像嘀嗒转动的秒针，微笑时并没有停下我们前行的脚步。

佛家说，世间有三苦：求不得，怨憎会，爱别离。这是大多数普通人都遭受过的痛苦。却偏偏有人沦陷其中，不能释然，更不用说莞尔，前行。

爸妈走亲戚回来，说起一个多年不见的表哥离婚后人变傻了。曾经从事销售，在陌生人面前侃侃而谈的他现在眼睛呆呆的，逢人不再说话，连吃饭都需要七十多岁的老母亲帮忙夹菜。我听了心一沉,有一种怒其不争的愤怒。

他陷于过往不能自拔,他自己一片混沌也就罢了,偏偏连带着苦了他未成年的孩子和年已古稀的老母亲。

母亲的心一定碎了。年迈而苍老的她不得不代替儿子,心有余而力不足地支撑起这个破碎的家。

如果他有勇气一笑,哪怕是苦笑,那些恩恩怨怨或许早已化作微薄的风。那些过往,也终会留给释然。打开窗,依然有花香禅意,日子会重新过得风姿绰约。

然而他却选择了合上心灵的眼睛,关上心灵的窗户,活在他一个人的混沌世界中。别的人再也走不进去了,活着的美好也一并被阻隔在外。

在人生这个舞台上,我们都是自己的主角。唯有我们自己才能演好自己的戏。他演砸也就罢了,连带着老母亲和孩子也无力演好他们的戏。

我愤怒的不是他一个人的自弃和自闭,而是他一并剥夺了深爱他的母亲和依赖他的孩子的许多美好。

事实上,只要我们不纠结过往,不束缚于当下,不惧怕未来,对着岁月的镜头莞尔一笑,只要相信,不停留下前行的脚步,总有一些美好是我们必然会相逢的。

这样的一笑、这样的相信,必然会走出昨日的阴霾,迎来别样的美好。只是因为那一笑中,有经历过的美好,有对未知的期盼,有对现实的认知。

"青山依旧在,几度夕阳红。"像历经世事的智者,像惯看秋月春风的白发老人。立于秋渚之上,谈论着过往事和眼前事,眼中有美好,胸中无块垒,只是微微地莞尔一笑,我们便一定会迎来属于自己的美好。

新的一年,愿每个人都能从容地对着岁月的镜头,莞尔一笑。

负暄之乐

负暄，是冬日晒太阳的雅称。

《列子·杨朱》记载，宋国有田夫，得负暄自乐，顾谓其妻曰："负日之暄，人莫知者。以献吾君，将有重赏。"

晒太阳，看似极寻常普通之事，然农夫深得其乐，竟欲献与国君。冬日的太阳，若用心感知，欢喜中自然会感觉弥足珍贵。

每当煦暖的太阳光照大地，拥炉而坐的人们便纷纷走到户外。

广场或院坝，摆上一张小桌、几个马扎、一壶茶，人围坐着，茶气袅袅而上，慵慵数语散落杯外。闲谈的内容日后不一定记得，但暖暖的阳光晒得人周身麻酥酥的，让人意犹未尽，竟盼着第二日也是这样明艳的天气，盼着来年还能这样相约、相聚。

山野上，勤劳的农人趁机垄地施肥，除草栽菜，开始新一轮的春生秋收，期盼来年春日，又是一场灿烂的花事，又是遍野葱绿。冬有暖阳照，人间心花儿开。农人们冬日劳作，那丝丝缕缕的阳光像麻姑的手，挠得农人舒舒服服，无比熨帖。下山时拔一个萝卜，砍两棵白菜，播种收获的喜悦一年四季延续着。

唐朝诗人白居易像一个慈祥的邻家老人，杲杲日出时，南隅而坐，背负冬日打着盹儿。不仅深谙负暄之乐，还尽得晒背养生之妙。"杲杲冬日出，照我屋南隅。负暄闭目坐，和气生肌肤。初似饮醇醪，又如蛰者苏。外融百骸畅，中适一念无。旷然忘所在，心与虚空俱。"他形容晒太阳如饮者品佳酿，如蛰眠的冬虫欣欣然睁眼，晒得百骸畅通，晒得俗念尽消，晒得心空无一物，澄澈透明而又无边无涯。他所写的《负冬日》正好契合中医的养生之道。中医认为，冬天万物闭藏，人体的阳气也需要好好补充，晒背养生是很好的自然养生方法。《养生四要》里也说："背者五脏之附也，背欲常暖，暖则肺脏不伤。"人体背为阳，腹为阴，背部晒暖和了，身体自然就不容易生病。白居易真是一个聪明而可爱的老头。

温煦的日子里，我也喜欢拿一本闲书，寻一敞亮之地，负暄而坐。书本被我躯体的阴影所遮，光线正好，明亮而不刺目。那些喜爱的文字在灿然的阳光下，像一个个小精灵，在我心灵的天空舞蹈。数页翻过，暖烘烘的阳光晒得我昏昏欲睡，于是干脆打一个盹儿。这样安定、恬淡、温暖的午后时光，身体顺应着自然的温补，心灵收获着平实的快乐。

冬日暖阳，原是谁也抵挡不了的大自然之爱啊。

叫醒后的春

黎明，三两只鸟在窗前的绿树上清脆地啼鸣，美妙的音流，确乎有着清溪的活泼自由，迂回跳跃着把我从冬的眠床上唤醒。

我欣欣然睁开眼睛，春天已随着第一声鸟鸣摆脱了冬的束缚。

春鸟初啼，春日初升，蛰伏了一冬的虫揭开土被，在春光中爬行，晒着太阳，嗅着草芽的味道，看着绿色绵延的大地伸展着腰肢。爬虫也忍不住吊了吊自己的嗓子，只是它的声音淹没在渐浓的春色中，不被人听见。

光秃秃的结香枯枝瘦骨，此时也被鸟的歌声唤回了魂儿。仿佛一夜之间，枝头绽放出金黄色和白色的花朵，毛茸茸的，像婴儿胖乎乎的小手，挥舞着迫不及待地感知这个世界。

在鸟的啁啾中，沉寂了一冬的早樱披上洁白的婚纱，大眼睛欲语还羞地煽动着长长的睫毛，像妩媚的新娘正与春风举行一场盛大的婚礼。

桃李也不甘寂寞，桃嫣李笑满园春，由不得蜗居的人儿不出门。桃树李树下，尽是看花人与花媲美。"桃花春色暖先开，明媚谁人不看来""李花浅白开自好""风揉雨练雪羞比"，不管是"人面桃花相映红"，还是"李花怒放一树白"，人们徜徉在花海下，喜看桃李又争春，喜得浮生一日又踏春。

玉兰总是别具一格。像一只只白色的鸽子在上面栖息，扇动翅膀，欲飞未飞的样子，玉兰的春便有了让人惊艳的白，晃着踏春人的眼。

行至溪边，看春水初升。枯瘦了一季的溪河丰盈起来，欢快起来，那是鸟儿从枝叶上衔来的一滴一滴的晨露，那是鸟儿赋予溪流歌唱的喉咙。

听溪水潺潺，看繁花竞放，阳光从枝叶花朵的缝隙间洒下金色的光斑，和风拂过，仿佛一枚枚金币在温暖的大地上滚动。此时，氤氲非一香，参差多异色。适合三五人，或坐，或躺，或行，在溪边，在花下，在草地上，不说不想也行，亮儿嗓子也可，闲谈也罢，吟咏也好，便尽得春的好了。林鸟歌声起伏，清脆嘹亮，看着眼前之景，听着新春之歌，这便是人间的天堂了。

我愿和醒来的春一起，在人间的天堂中成为一道亮丽的风景。

静美时光

在小区宽阔的步行道上，几乎每天都会看到一对老人。

或迎着朝阳，或背对夕光，他们头顶白雪，目如秋水，爷爷坐着轮椅倒退着向前，奶奶拄着拐杖努力挪动。日复一日，年复一年，书写着一首温暖的诗。

初看，奶奶拄着四根脚趾头的龙头拐杖，显然腿脚不灵便，爷爷坐着轮椅，显然不能独立行走。但为什么轮椅要倒着开呢？我百思不得其解。回望，爷爷已经站起来，熟练地推着轮椅，转动方向，走到奶奶身后，固定，扶着奶奶安然落座。

那一刻，我的眼有微微的潮湿。这样的夕阳西下，这样两两相依，这样相伴相携真让人羡慕。喜得一人心，白首不相离，这是几辈子修来的福气！

后来每次经过，我都会慢下来、静下来，偷偷地感受他们的福气和美好。

爷爷戴着茶色的眼镜，有着和年龄不一样的青春和时尚，目光平和而温柔。小区沿路绿的绿，红的红，爷爷一会儿看花，一会儿看奶奶；一会儿看树，一会儿看奶奶。奶奶走累了，或许只是一个眼神，或许不需要眼神，他便从轮椅上站起，推着转动方向，走到奶奶的身后，固定轮椅，扶着奶奶坐下。

他们的余生一直这样走着，大半生似乎就这样走过来了，省略了繁华与喧嚣，过滤了声音，像一部默片。似乎整个世界都安静下来，耐心地等着奶奶拄着拐杖，微侧着半个身子，小半步小半步地向前挪动，耐心地留给爷爷足够的时间凝望、谛听、陪伴。又似乎整个世界只剩下他们两人，一路前行，许他们用老迈的腿相爱，用皲如树皮的手相爱，用生命的最后一缕体温相爱。

像深秋山野上相守的花儿，凌霜而开，拥雪而眠，不需要言语，这样相知相惜，这样寂静清芬。

人所需，到最后都是这样吧，至简朴，至清静，至美好。

九九消寒

古有九九图，即冬至后八十一日之计日图。九九足，则春回大地，春风送暖，寒意全消。遂有九九消寒之说。

古人是如何消寒的呢？元杨允孚《滦京杂咏》有记："试数窗间九九图，馀寒消尽暖回初。梅花点遍无馀白，看到今朝是杏株。"冬至后，便贴梅花一枝于窗间，佳人晓妆，日以胭脂涂一圈，八十一圈足，变作杏花，则天地回暖。

明朝《帝京景物略·春场》则记："画素梅一枝，为瓣八十有一，日染一瓣，瓣尽而九九出，则春深矣。"

徐珂《清稗类钞·时令类》记以"有亭前垂柳，珍重待春风"二句装潢成幅，句各九言，言各九画，题"管城春色"四字于其端。南书房翰林日以"阴晴风雪"注之，自冬至始，日填一画，凡八十一日而毕事。

由此观之，古人多以书画消寒，兴不可谓不雅；以梅柳邀春，情不可谓不深。今人有此雅兴深情者，少之又少矣。

谚语曰:"小寒大寒,冻成一团。"冬寒总是不期而临。在这万物蛰伏的季节,古人以书画之精神法消寒,今人则可以雅俗并兼,身心两悦。

先说心之悦。冬者岁之余,正是读书时。不读书,何以消寒?进入冬季,木叶凋敝,百虫蛰伏,北风呼啸,萧瑟冷寂中恰宜息交绝游。蛰居一室,围炉拥被,清茶在侧,执卷在手,神游万物,岂不美哉?古人是深谙读书之乐的,"书卷多情似故人,晨昏忧乐每相亲。眼前直下三千字,胸次全无一点尘"。晚来天欲雪,书中自有红泥炉,那些温润的文字有着红泥小火炉的暖,有着绿蚁新醅酒的醇。白雪纷纷何所似,春来柳絮因风起,精彩纷呈的古书中自有柳絮飘飘、春花烂漫。一页一页书念过,这个单调的季节也就多姿多彩了。或许刚好念到九九八十一页,窗外便真的和室内一样春暖花开。

当然,趁着闭门之际,喜欢音乐的可以调素琴,喜欢书画的可以挥毫而作,喜欢下棋的可以和家人、友人两两博弈。总之,在寒冷寂静的冬日,蛰居室内,做自己喜欢的事,愉悦自己的灵魂。不知不觉中,冬寒已消,冬尽春来,生命变得更加厚重,灵魂变得更加丰盈。

再说身之悦。人一生从出生吮吸母乳一直到生命结束都在吃,消寒又怎能离开暖香的食物?舌尖上的美味才足以愉悦我们的肉身,灶上翻滚着的汤锅才足以除去体内的寒气。南方最常见的是火锅。红汤清汤根据自己的口味不一而足,洗净备好荤素搭配的菜,或盘碟或碗盆盛装,围桌而坐,汤沸时夹菜而涮。半刻不到,似有微汗,此时身体通泰,室内虽无暖气,也开始解衣脱下外套,全然忘了冬之寒。不喜欢火锅的可以炖一锅牛肉汤、羊肉汤或者排骨萝卜汤,根据自己的爱好。喝一碗汤,摄入色香味足够的高蛋白,暖香的味便足以愉悦肉躯成为消寒的神器了。

若雪正飞,梅正开,那就趁着一身的暖踏雪赏梅吧。在"梅须逊雪三分白,雪却输梅一段香"中看梅雪争春。或者在雪花纷飞中,赏"千树万树梨花开"。不知不觉中也会如岑参一样生出东风已来的美好错觉。梅香雪白也就俨然有了春之明媚与芬芳。

数九寒冬，天寒地冻，冬季自有冬的妙处。或寄情于琴棋书画，或缱绻于食色香中，可以觅得深趣，可以消尽冬寒，可以迎来花开。

开心果

超市或副食店常年销售一种白色的干果，叫开心果，是茶余饭后的零食，价格不便宜。按照经历过灾荒岁月的老妈的话来说，不能当饭吃，一斤的价格足够一家人吃上十天的大米饭了。

当然，也就很少看到老年人购买。

执书而坐小半日后，习惯性地外出走走，其实是惦记着零食了。像男人边看书边写作时中指和食指夹着的那支烟，不时吸上一口，看烟雾袅袅而上，仿佛美女婀娜起舞，是一种调剂，也是一种乐趣。女人喜欢在书桌边摆上一碟零食，看书的双眼倦了，敲字的手指想偷懒了，拿起一粒香脆可口的零嘴儿扔到口中嘎嘣地嚼着，也是一种小开心。

偏偏家中告罄，只好步入就近的超市。

刚好看到一个七十多岁的奶奶在堆成小山样的开心果柜前挑选。奶奶个子中等，慈眉善目，烫着短发，穿着讲究而不奢侈。我有点好奇，临时起意也准备买一点。问奶奶："这个怎么选啊？"奶奶说："没啥好选的，我就是选容易剥开的。"的确，一些未开口的开心果很不容易剥开，我常用牙齿咬，但一咬之下，果仁和果壳同时碎了混杂在一起，没法儿吃。我老妈是舍不得买这个的。站在奶奶边上，一边照着她的样子挑选着开心果，一边和她闲聊。奶奶说："我们村上今年都走好几个人了，有的才五十多岁。我也曾得一场大病，差点儿丢了命，现在想通了，想吃就买，虽然贵一点儿，但还是能消费得起，买回去大人小孩都开心。"奶奶很健谈，告诉我，她只有一个儿子，结婚时儿媳就说永远不分家，要一起居住。奶奶和她丈夫主动承担着家中的所有开支。她说："现在儿子和儿媳妇要养孩子，正是需要用钱的时候，我们现在不支付家中的开支，以后无论留给他们多少钱，儿子儿媳妇都不会高兴。现在全家都开心，儿子儿媳也很懂得感恩，经常说幸好有我们支付着家中的一切。"

我不禁对奶奶刮目相看。常言道，家家有本难念的经，其中有一本就叫"婆媳经"。显然，奶奶深谙此道，与儿子儿媳同住，不仅把这难念的经念成了喜乐调，而且知道"对酒当歌，人生几何"，懂得人事无常，坦然地接受着生活中的变数，珍惜活着的每一天，珍惜和家人在一起的每一天；知道愉悦他人也是愉悦自己，愉悦他人也不委屈自己，活得通透。

想起上次收到某日报编辑转过来的一篇文章的稿费，经过超市，看到开心果，不由自主地进去消费了一下。买开心果的钱远高于所赚的稿费，但心中的开心却是足足的。一方面可以剥开喜欢的果仁，一粒一粒扔到口中，细细地咀嚼出寻常日子里的小幸福；另一方面，由心动而行动，在不迟疑、不纠结的过程中愉悦自己，一切鸡零狗碎仿佛都已远离，生活中尽是万事顺遂的美好。

当儿子长大，我升级为婆婆，也要学那位奶奶，不时地为家人、为自己挑选一些开心果，开心地念好"婆媳经"，开心地度过余生。

沐霜而华

古人认为，气温下降而为露，清风薄之而成霜。霜降临，茫茫无边，世界倏忽笼在一场青白霜色里。

小时候对霜降的记忆尤为深刻。老家位于高山之巅，在群山环绕中，矮小的房屋像一个陈旧过时的玩具散落在山中，只有一条狭长的山路通向远方。群山阻隔，矮小的我踮起脚，怎么也看不到外面的世界。暮秋，霜重雾浓，整个山村终日笼罩在一层亦霜亦雾的青白烟色里。

寒秋寂寂，空山漠漠，霜降后一日一日增添着一种刺骨的冷。晨起，母亲会叫我到园中割猪草，或是砍白菜，或是拔萝卜。山中早晚气温尤低，裸露的双手接触到凝霜的植物，指尖有一种似乎会冻掉的痛。时不时我会停下来呵气取暖，但那不过像是卖火柴的小女孩划亮火柴时，头脑中出现的熊熊燃烧的大火炉，是一种暂时的幻象，短暂的安慰罢了。后来，在母亲的呵斥中我不再偷懒，学着母亲一个劲儿地劳作，身子似乎暖和一些了，冻僵的手变得麻木，初始时的锐痛也就减轻了，很快完成了母亲交代的任务，背着满满一背篓猪草或是蔬菜回家。

　　山里人并不因为气温骤降而居家休息，田地里总有干不完的农活在那儿等着呢，哪怕是六七岁的小孩也不能自由玩耍。家家都这样，自家必须干农活儿，必须承受劳苦，也没有谁觉得委屈，填饱肚子和穿上厚实一点的衣服都要靠劳作换得。调皮贪玩的小孩子也有偷懒背着空背篓回家的时候，但总是会被父母发现，作为惩罚，只好饿着肚子挨到下一顿。在那个吃不饱、穿不暖的年代，和饥饿相比，寒冷毕竟是可以忍受的。而且忍受后换来的不仅是热气腾腾的饭菜，还有温暖的灶火。完成母亲交代的劳作后，可以安心在灶后坐下来，对着煮饭的柴火烘烤冻僵的双手。

　　童年时的沐霜劳作灌注到我的生命记忆和筋骨血肉中，它让我终于走出那条狭长的山路，看到了小时候踮起脚跟也无法看到的更广阔的世界。

　　参加工作后，我也可以跟着风雅的文人一起去欣赏霜染的红叶了。在满山的枫树中我们说笑，流连；在迷人的枫林与晚照中，我们摘下绚烂的叶片贴到额前，黏在双颊，争相拍照。"晚来谁染霜林醉""霜叶红于二月花"，那一片片在霜风中飞舞的红叶和沐霜劳作的人们又有什么区别呢？小小的枫叶沐霜而醉，而美；勤劳的人们沐霜而得温饱，而得生活的甜蜜。

　　农村有一句老话，叫"霜打的蔬菜分外甜"。霜后的白菜爆炒，烫火锅，吃起来又脆又香。霜后的萝卜就算生吃，也是甜滋滋的。霜打前的柿子硬邦邦的，又苦又涩，难以下口，霜压过后，柿子不仅颜色红，尝起来也是甜腻可口。摘一只剥开，吸吮着那甜蜜蜜、软滑滑的柿子汁，那是霜降赋予的美味。寻常的蔬菜水果，经过这样霜的洗礼，变得更加美味可口，谁说这不是大自然的馈赠呢？

　　清霜满地时，菊在枝头却开得热热闹闹。越是露冷霜重，越是绽放出一世的绚烂。明代诗人沈周眼中只有菊称得上花，"秋满篱根始见花，却从冷淡遇繁华"。陶渊明一生爱菊，挂印归去，种菊南山，酣歌纵酒，悠然洒脱。"千载白衣酒，一生青女霜"，诗人们爱菊，亦是爱菊的悠然高洁之气。而菊沐霜而开，凌霜绽放，何尝不是节候的馈赠？

气肃而凝，何妨结露为霜。一生中总有霜降、露冷时，不如接受命运的馈赠，如枫叶，如蔬菜，如菊，如勤劳的农人，沐霜而华。

那一片燃烧的金黄

三月，行走在乡村，不期而然，你的双眼会被一片金黄点亮。

那是随处可见的油菜花。

它们在泥土中自在地生长，恣意地绽放，尽情地燃烧。野性中不失温婉，朴实而不乏高贵，奔放中自有内敛。它们把梯田铺成一幅长长的画卷，把山村装点成一位待嫁的新娘，把春日的蓝天白云、青山碧溪映照得美轮美奂。

小时候同小伙伴玩捉迷藏，最喜欢藏身于这一片花海。或跻身在金黄的菜花中，或躲身在摇曳的菜花外，嗅着微甜的香，听着蜜蜂嗡嗡地叫，看着蝴蝶或栖或翔。自己时而如同庄周，化身为蝶，不知蝶是我也、我是蝶也，在花间翩跹地舞着；时而又变作一只小蜜蜂，在花蕊中不停吸吮，酿造出整个春天的甜蜜。

带给我无限欢乐的油菜花有时也给我们多彩的童年平添一分惆怅。

童年时盼望着长大，总觉得山野中的时光无比漫长，也许这是打发时间想出的乡村特有的游戏。也许这游戏早已有之，小孩子从大人那儿承袭的吧。从房屋附近砍来一根细竹，削成细小的长条，做成圆环状，绑上一根细长的木棍。几个小伙伴房前屋后猪栏牛圈遍寻蛛网。举着布满蛛网的圆环就可以捕捉蜻蜓、蝴蝶了。总是在蝴蝶、蜻蜓栖息的时候蹑手蹑脚地走近，举着长条棍让布满蛛网的圆环对着蝴蝶、蜻蜓盖下去。动作要轻，要快。最爱捕捉的是黄色的蝴蝶，色彩鲜艳，那么曼妙，那么轻盈。然而自以为很轻的我们总是会惊动了它，"身无彩凤双飞翼"的我们总是不及黄蝶敏捷。它轻轻巧巧地一跃而起，展翅而去。可恨的是眨眼间便飞入就近的油菜花地，真真应了杨万里的"儿童疾走追黄蝶，飞入菜花无处寻"。无奈的我们只好去寻找下一个捕捉的目标。

　　菜花伴着我们捉迷藏，伴着我们追黄蝶，菜花点缀着童年时好奇而爱幻想的每一个日子，菜花伴着我们长大。

　　从迷迷糊糊的童年，到懵懂的少年，到爱恋的青年，如今步入中年的我们，年年岁岁人不同，菜花却是年年岁岁花依旧。甚至隔着漫长的时光相望，那一片金黄像窖藏的酒，更加醇厚迷人，它带着往事的香，带着岁月的香，美得气象万千，美得惊心动魄。

　　当我在尘世奔波，心生一丝倦怠的时候，步入乡野，眼前的金黄在春风中荡漾，它们是那样气势磅礴，那样热情奔放，那是对春天、对阳光、对生命的歌唱。我凝滞的血液瞬间随着乐章沸腾，随着歌唱飞扬。

　　当我因为一个小小的打击感觉颓丧的时候，走进乡村，走入漫山遍野，铺天盖地的油菜花海。在"满目金黄香百里，一方春色醉千山"中，我又化身为蝶，心生双翼；化而为蜂，采蜜酿蜜；化作一株油菜花，为无尽的春光增添一分美。我的颓丧便早已不知踪影。

　　于是，三月，我总爱走入山野，看直达云天的金黄，听枝头燃烧的声音，嗅岁月沉淀的香，品尝生活赋予的甜蜜，触摸油菜花的灵动与飘逸、恢宏与壮观。

在一片燃烧的金黄中，我愿与油菜花一起，做最美的梦，写最美的诗。

闹春

春是热闹的，鸟鸣有味闹春风。

行走在早春，不经意间，会从嫩绿繁茂的枝叶间传来一声鸟鸣。然后声声鸟鸣接踵而至，合成一串动听的春谣，像微火炖着的猪肉汤，寻常得很，在灶上嘶嘶地冒着热气，袅袅地向上飘着。

春如结香，香气馥郁闹春光。

瞧！寒意尚未褪尽，结香便早早就开始闹春了。它光秃秃的枝丫尚未长出一片叶子，枝头便迫不及待绽开一朵朵明黄色的花瓣，像小孩子睁大着的好奇的眼睛，也像寂静夜空中的群星，沸腾着。然而它又不是眼睛和星星！它散发出一缕缕芳香，让路过的人忍不住扇动鼻翼。

闹春的结香还带给人惊喜，带给人希望。传说清晨梦醒后，在结香花树上打花结，若是晚上做了美梦，花结可以让美梦成真；若是晚上做了噩梦，花结可解厄脱难。所以结香花又叫梦花，结香树又叫梦树。

每次路过绽放着的结香，我一边深吸一口气，一边暗自祈祷，让我扬帆远行，助我一帆风顺吧！我愿如你，恣意花开，香气馥郁。

春似玉兰，倾情绽放闹春晴。

结香花开未谢，玉兰已被春风撩动得涨红了腮。一夜间，一树雪白，花开无尘。在春光下漫步，惊讶于"日晃帘栊晴喷雪"。然而，它怎么是雪呢？这样暖和的天气中，行人的外套扣子早已不知不觉松开了，看到它，眼蓦地一亮，一树玉兰分明灼烈而繁盛地在枝头燃烧着！那热烈的颜色正是闹腾腾的春该有的色彩——年年春来，纯美如初。

花下，一个胖嘟嘟的宝宝蹒跚着向前跑去，妈妈在后面弓着身子追着，呵护着，欢欣地叫着，"慢点，宝贝，小心，别摔倒了"。宝宝并不停下，一点儿也不惧怕摔倒。于是，妈妈一路追着，一路叫着，春如妈妈的呼唤，声声有意闹春天。

穿着红棉袄的宝宝不停地跑着，好像一刻不曾停下的春天的脚步，年轻妈妈的呼唤好像一刻不曾停下的春天的声音，红棉袄的宝宝好像一刻不曾停下的春天的色彩。

在这闹腾腾的春中，我身体中的一个个细胞似乎也在欢快地舞蹈着，哗啦啦地唱着自己的歌。

我听到内心花开的声音，那声音在我的笔底流淌成溪，叮叮咚咚地流向未知的远方。

且饮一杯茶

读白居易的《山泉煎茶有怀》："坐酌泠泠水，看煎瑟瑟尘。无由持一碗，寄与爱茶人。"泉水泡茶，瞬间打开了童年的记忆仓储。

彼时家贫，双亲整日忙着，是没有闲心酌水煎尘的。老家于高山之巅，房屋不到十米远有一汪泉水，其味甘冽，父亲在泉眼外围成一口井，水常年从泉眼冒出，足够三四家人饮用。早晨起床大人总会挑一满缸水，烧一壶，泡一大盅老鹰茶。上山干半天农活归来，端起茶盅咕嘟咕嘟一阵牛饮，既解渴又解乏，辘辘的饥肠也可以得到暂时的缓解。

农活更忙的季节，母亲无暇煮饭炒菜。头夜的冷饭，加入当日的冷茶，一块咸萝卜，便是一顿佳肴。

那时我是不怎么喜欢茶的，甚至有点讨厌的感觉。渴了，宁愿持瓢从缸内舀半瓢水灌入肠胃，一抹嘴，畅快。冷水入肚，从来没有拉过肚子。而茶泡饭是母亲的佳肴，并非我的口味。在那些极度贫困的日子里，我爱的是油煎菜（一小块烟熏过的腊猪油放入热锅，熬成的油用以炒菜）。即便没有油煎菜，菜汤里面漂几星油珠儿也是好的。因惦记油煎菜，因对茶泡饭不喜欢，连带着对泉水泡出的茶也不喜欢了。只是偶尔也会喝一口，也会跟着母亲吃一次茶泡饭。

喜欢上喝茶是近几年的事。

当然不懂茶艺茶道，也不是为了与风雅相关。只是工作之余，看书之隙，无由沏一小壶，再由小小的茶壶倒入小小的茶碗，自斟自酌。那些焦躁的情绪便在温杯、洗茶、高冲、缓倒、慢饮的过程中安静下来。

或许，在喧嚣的红尘讨着生活，在马蹄声中扬鞭远行，人人都需要一壶茶得清静之心。在细酌慢饮中不让红尘迷了眼，不让外界的喧嚣淹没内心的声音。我们需要在一壶茶的静气中擦亮双眼，谛听心语，方能知道要去的远方。此时，一壶茶，足以生翼。

或许，在整日的忙碌中，在匆匆的奔跑中，人人都需要一壶茶得休憩之心。茶中的清风会拂去一身的汗渍，茶中的明月会拭去一身的霜雪。一叶春芽在水中舒展，一口热茶进入机体，似乎整个身心都得到了妥帖的安放。此时，一壶茶，足以解乏。

或许，在追名逐利的扰扰俗世，人人都需要一壶茶得淡泊之心。万千繁花，终会凋零。世人不知，汲汲名利，其实是饮鸩止渴。一个欲望得以达成，会有更大的欲望驱逐自己，永无止境。此时，一壶茶，足以解渴。

壶中别有日月天。童年艰难岁月中父母的那盅茶也是别有深意的啊。

漫漫人生路，且饮一杯茶。

青春的旋律

清明，景清气明，连续几天新冠疫苗接种工作后，因无苗，终于在节假日最后一天得以空闲，更觉这一日难能可贵。

小区散步，长得繁茂的枝叶在头顶撑起翠绿的大伞，鸟声如清凉的晨露，圆润明澈，温润可人。这样走着，看着，听着，便是很美好的一天了。

行至开阔处，很熟悉的旋律传来，歌词还未开始，但略显忧伤的曲调唤起机体细胞的记忆，我不由自主地走近。

一个小广场、一个小的外放机，四五个大妈在旋律中跳着轻快的舞步。她们穿着玫红或桃红的艳丽春衣，她们在旋转、踢腿、快速进退中恣意地享受着属于她们的光阴。紫藤花在外放机旁的花坛中怒放，触目处繁密的枝叶鲜翠欲滴，鸟儿在地上跳跃、啁啾、啄食，一切都与正放着的旋律不同，此时的音乐像一个不存在的背景，或只是一个必需的道具。然而，大妈们需要音乐，无论欢快或忧伤，高亢或沉郁。

"那夜的雨也没能留住你，山谷的风它陪着我哭泣……"

熟悉的歌词吸引着我，熟悉的旋律吸引着我，像一个久远的故事，那淡淡的忧伤，隔着长长的岁月相望，便有了一种动人心魄的美。又像是一个缥缈的梦，长夜醒来，不肯起床，闭着眼努力抓住一点甜美的痕迹。

与这首歌相识，是一个久未联系的友人发微信来，说歌词很美，很感人。我没有回话，默默地删掉信息，仿佛删掉后的这件事不复存在，但我仍记住了歌名——《可可托海的牧羊人》。闲暇时从酷狗中搜来一听，我听出了一种决绝而又藕断丝连的美。打动人心的正是那份看得见的决绝和看不见的情思吧。

后来这首歌风靡大江南北，上了春晚，或许源于许多人都曾有过这样的思念和决绝吧。

当一切注定不可能，无论有着多深的眷恋，总有一方会挥刀斩断情丝。虽然明明知道，斩断的是看得见的丝，那看不见的思便如心上的朱砂痣，如床前的明月光，时光煲煨，朱砂痣不能碰，碰则泣血；明月光不可看，一片惨白。

谁能留住谁？谁曾为谁哭泣？那断了的如风中的游丝，回望中自有一种残缺而永恒的美。设若不断，日日的琐碎消磨，那朱砂痣或许早已变成了墙上的蚊子血，那白月光早已变成衣服上的白饭粒。

在忧伤的旋律中，大妈们仍在欢快地舞着。

忧伤杳如天畔，和逝去的青春相关；忧伤近在身侧，在晴朗的日子里，我和舞动的大妈们试图抓住一缕，像抓住青春，抓住新一轮的春暖花开。

秋行秋令

　　无意中在一篇文章里读到秋行秋令这个词，有一种醍醐灌顶的感觉，仿佛一道闪电划破灵魂的夜空，在混沌的思绪中打开了一道缝儿。

　　自古逢秋悲寂寥，宋玉悲秋、一叶知秋等，无形中似乎定下了秋的基调：落木、萧瑟、肃杀。万物萧瑟的秋也就成为哀伤、凄苦的象征。

　　而秋不过是季节的更迭，岁月的转换，为何悲也喜也，欢也愁也？

　　春耕秋收，如果年轻时不曾懈怠，到了人生的秋天，自然会有收获的喜悦。

　　收获后的原野有着一望无际的开阔，也有着一无所有的空旷，空旷中暂时生出寂寥之感，也是无可非议的。寂寥中我们对过去清零，对未来重新定位。

　　春发其华，秋收其实，有始有极，爰登其质。

　　在欣赏春花烂漫之美时，我们也要学会忍受落红飘零之悲，更要看到秋菊凌霜而开的高洁与雅致。

在炎炎夏日享受密树成林的阴凉，也要习惯在凛冽寒冬中谛听雪摧枯枝的落寞。

在褴褛中得到百般呵护，在牙牙学语时牵着大人的手前行，也要在双鬓微霜时给年幼的孩子和年迈的父母撑起一片天。

秋雨淋淋，欢喜的人看它是甘霖，立秋三场雨，秕稻变成米；愁苦的人看它是眼泪，梧桐更兼细雨，到黄昏，点点滴滴。这次第，怎一个愁字了得。秋雨何尝有什么情感变化呢？

一场秋雨一场凉，农民会趁着雨天在家修理农具，文人可以一边听雨一边看几页书、写几行字，无事可做的我们顺应季节，也可以添衣加饭，照顾好自己和家人。

秋叶飘零，落叶聚还散，寒鸦栖复惊。秋叶有过曾经繁茂的青春，飘落时自然多了一分静美。如果寒蝉观看过一片叶子颜色的变化，谛听过一场秋雨的声音，感触过秋风吹走炎暑带来的凉爽，计算着季节的脚步，知悉明日的气清景明或雨路难行，又何必栖复惊？

秋雁南飞，断雁叫西风，似乎有着无比的凄凉和悲怆，然而，君不见，长风万里送秋雁，又是何等的逍遥和壮丽！

节候也好，生活也罢，总会给我们以回应和启示。

月有阴晴圆缺，人有悲欢离合，哪怕日子过着过着，一不小心进入了萧瑟的秋，我们不妨做一枝菊，傲霜而绽放；不妨化作一场秋雨，只管绵密地下，任它几多欢来几多忧；不妨做一片秋叶，静美地飘落，任它零落成泥碾作尘；不妨学一只大雁，惯看秋月春风，做一只候鸟，顺应季节的变化，当迁移时迁移，当放下时放下。

秋来何惧？秋行秋令。在一切的姻缘中，我们随顺，改变，放下。

晒春

当春风吹开一点一点的绿，当太阳一步一步地走过大地，人们也相继走出蛰居一冬的家，享受着户外的春光，欢喜地看着太阳哗啦啦的脚步声一点一点地靠近，仰着脸让和风抚摸。

寒冷而漫长的冬总算熬过了，那憋了一冬的浊气早该释放了，那憋了一冬的肢体也该伸展伸展了。春来了，谁不愿意走进春日、沐浴春晖呢？

穿着厚棉衣的老人也拄着拐杖走下楼，在小区的木椅上一坐就是半日。有时头慢慢地弯下去，弯下去，点一下又抬起来。点头，抬头，点头，抬头，仿佛附和着春的絮语。

年轻一点儿的会走得更远。带上孩子，带上风筝，甚至还带上一点儿美食。在郊外，踏春赏花放风筝。春色遍野，春光怡人。困了，铺上垫子，以地为床，以阳光为被，小睡一觉。

兴之所至，拍上几张美图发朋友圈，或者再配上一点心情文字。

春天，就是这样晒着过的。

妈妈的春天也是晒着过的，只是她的晒和常人的晒有不同之处。

儿女长大，相继离开家，后来有了自己的小家。妈妈习惯把土地当作儿女来照顾。春天来了，她更是少不了到开荒的土地上拾掇，松土，播种，栽菜，捉虫，看蔬菜的长势。她早已脱下厚厚的冬衣，暖阳给她披上一件外套，不停劳作的她一会儿就热了。汗水涔涔的妈妈只好脱下夹衣，只穿一件绒衫了。不识字的她常说山坡朝阳地发暖，春栽宜早不宜晚。

妈妈就这样晒着过春，生怕误了土地的收成。

春日，逢我双休，妈妈会约我上山挖野菜，主要是折耳根。我和她躬身在田坎或山野，寻找着刚出土的折耳根。戴着眼镜的我看着春之大笔泼洒的绿，一色的绿，无边的绿，根本分不清哪一株是折耳根。几年前就被医生诊断为老年性黄斑变性的妈妈却在土中挖出一株又一株的折耳根，我只好跟在她身后捡拾，去掉根上的泥土，很快就装满了一袋。妈妈说："八元一斤呢，现在都有两斤了吧？"

古人是很会晒春的。

"春气满林香，春游不可忘"，是王翰的春歌；"不知细叶谁裁出，二月春风似剪刀"，是贺知章的踏青；"一夜好风吹，新花一万枝"，是令狐楚的春游曲；"几处早莺争暖树，谁家新燕啄春泥"，是白居易的春行。

古人不仅踏春、晒春，而且留春。

他们把春日的游玩长久地留在文字中。几千年过去了，至今读来依旧春意盎然。

不写了，我得约上妈妈晒春去。挖回满袋的折耳根，洗净盛在盘子里，加上佐料，把春吃到肚子里。然后学着古人，再把我和妈妈共同的春留在文字中。

舌尖上的春天

淡处当知有真味。春天的味道真切地萦绕于舌尖，一个"淡"字却不足以囊括。

那是什么样的味儿呢？

年年春天，我家餐桌必然少不了一道菜，那就是折耳根。

折耳根生在山野，其形如名，似不足道，日日餐风饮露，却成清秀之姿。根埋在泥土中，黄土不污其白，小叶在风中摇曳，烟雨染就其绿。最妙的是天气晴朗，扛一尖嘴小锄，或拿一长柄弯刀，一步一春风，在一片绿中寻出折耳根所在。锄掘刀挖，不多久，便会盈满一袋，满载而归。

即使迁入城市，进入厨房，上了厅堂，折耳根也并未变得娇气，它依旧不改朴素本色。它的好显而易见，它的味儿绕鼻三匝，它是最不折腾人的美味。

你只需要在清水中洗去蒙在表层的一点尘、一点泥，它便洁净如初生。你可以把它切成小段，也可以不切，置于盘上，撒上一点白糖、一点糊辣壳碎末、一点盐，根据自己的口味加一点酱油或醋，用筷子充分拌匀。即使置身于大鱼大肉旁，它也丝毫不觉自卑。大鱼大肉几口入肚，你的味蕾昏昏欲睡，举箸四顾，对满桌盛宴，生出一丝倦怠，甚至有了逃逸的念头。不经意间，你的鼻翼翕动，嗅到了折耳根的味儿，清香中有淡淡的涩，你的眼睛捕捉到了它，白如雪绿似烟，盘中相间，像一阕小词，像一首短诗，还未入口，已然入心。如清风明月，清爽怡人。挟一口于舌尖，所有的味蕾细胞清清泠泠地醒来，仿佛春回大地。其实，只是春在舌尖。

椿芽也是春天的美味。然而它生于树上，总有一点高高在上的姿态，树高了只能望树兴叹。它也并不像折耳根那样在山野中随处可见，为稻粱谋的城市人、农村人也不可能为了一口椿芽遍寻椿树。只能是无意中碰上了，树恰好不太高，踮起脚尖即可，摘一把回家，焯水切成小节，打上两个鸡蛋，做一盘椿芽蛋饼，也是黄绿可人。没有呢，也就罢了，一丝淡淡的念想，渐渐就忘了。

但折耳根你是忘不了的。春天来了，只要你步入乡村，走进山野，在田坎，在坡地，在土壁，只要有土壤的地方，它就葱葱茏茏地生长着，时时跃入你的眼帘。

它用自己的存在告诉人们生命的蓬勃；它用自己的简单告诉人们春天的至味。

一场花事，一段絮语

冬日的阳光像害羞的姑娘，犹抱琵琶半遮面，但那种羞怯也足以打动人心，吸引着你的脚步。

南方的银杏叶映着日光，赤金的颜色。风起，飘飘摇摇，小巧的金扇子在空中翻跹。从树下走过，迎着淡淡温和的阳光，被一张一张小扇子环绕着，它们偶尔调皮地别在你的衣襟，你的发梢，像逗你玩的小孩子一样，你的眼睛无端地变得柔和起来。

这纷纷扬扬的叶儿啊，多像一场花事、一段絮语。

每一个春天都要经历一场花事，每一段花开的时光那样让人怀念。

那是初春，杨柳春烟，你春容秀润，似鸾镜佳人，走着走着，便心中升明月，眼前见花开。

或是暮春三月，江南草长，杂花生树，群莺乱飞，而你春风得意马蹄疾，一日看遍那些说得上名、说不上名的花儿。一路莺莺燕燕，啾啾唧唧，心如"娟娟双蛱蝶，宛转飞花侧"。

或是人间最美四月天，四月的风、四月的雨、四月的阳光、四月的情怀，一切都刚刚好。你的心是江南初湿的雨巷，是江北渐染的新绿。无边的春光多像挥霍不尽的青春，风剪柳丝袅袅，雨润芳草萋萋。一切都是崭新的，透着生机，透着美妙，透着无限的希望。

花事并不单指百花盛开的绚烂，也不仅仅是盛大的青春，也不是一次心惊的奢华，它可能只是一个个朴素而温暖的日子，那日子滋润着你，让你如沐春风，时时花开。

张中行曾有诗吟咏"添衣问老妻"，他说："吃饭我不知饱，老妻不给盛饭，必是饱了；穿衣不知冷暖，老妻不让添衣，必是暖了。"这是张中行一饭一衣中的花事，淳朴而至美。

花事有时是一个微笑或遐思。

冬正冷峭，发上有霜。而你唇角上扬，便有流转的时光带着幽清的气息在你脸上舒眉绽放。你的唇，你的衣便都袅娜着爽净的香。那逝去的某一段或某一刻时光，终归镌刻在心上，每每想起，便自性美好地开成一团清芬，那是开到奢靡而香不减的花事。

花事其实就是絮语，是春的告白，是正当时的情语，是耳畔添衣加饭的叮嘱，是回忆时柔柔的心跳。

那絮语藏在七十一岁的梁实秋写给韩菁清的款款情书中；藏在沈从文说给张兆和的情话中，"我行过很多地方的路，走过很多地方的桥，看过很多地方的云，却只爱过一个正当最好年龄的人"；也藏在杜牧的"稚子牵衣问，归来何太迟"中。

袁凯的家书"行行无别语，只道早还乡"，也是这样的絮语。一句一句的絮语啊，是一朵一朵开在心上永不凋零的花，这絮语亦如老酒，久而越醇。

一个人，一生总有一场花事、一段絮语，无论春夏秋冬，润泽着不曾虚度的时光。

而当你从冬日的银杏树下经过，风起，念起，便是一场美丽的花事，便是一段暖暖的絮语。

望月几回圆

天上月圆，人间团圆。

记忆最深的是小时候的月。

农门有暇，也重三五。秋夜月明，一家人忙完农活儿，在院坝乘凉。大人多于竹编的椅子上半躺着，小孩或者躺于长条凳上，或者干脆置一大而圆的筐箩（竹编的晒农作物的器具）于院坝正中，用湿抹布把筐箩里面仔细擦干净，人平躺其上。

山中，人烟稀少，院坝开阔，无高楼相遮，无霓虹灯相扰，天上一轮才呼出，如白玉盘，如瑶台镜，如寻常用的面盆，如母亲刚出锅的糍粑。近在眼前，远在碧霄，皓月如昼，清光处处，无比柔和。仔细看，大人说的兔子、桂树——清晰可辨，伸开双臂，还可揽之入怀。

彼时家贫，无钱买月饼，然而有母亲亲手做出来的香喷喷的糍粑。炒香捣成粉末的黄豆面，加上一点白糖，圆圆的糍粑分成两块，一手一块，蘸一下加了白糖的豆面咬一口，美味无比。

糍粑吃到肠满胃饱，感觉快撑了才罢手。然后一动不动地平躺着，没有人说话时，田野中断续的虫鸣入耳，更觉夜的静谧。望着月，小脑袋常做些漫无涯际的空想。

彼时，父母相伴，兄长在侧，皓月当空，无唠叨之语，无农活儿之累，无体肤之饥，吃完糍粑后心满意足地躺着，口鼻中还呼出香味，就这样与明月相对，感觉世间再也没有比这更美好的事情了。

躺着，在漫无涯际的空想中，眼看明月就要入梦，却被母亲呼叫回屋，说夜露起了，怕着凉。

长大入城后，望月反而少了。各自成家，各自过着中秋，各自吃着不同品牌、不同口味的月饼。抬头不见月，月被林立的高楼阻隔；低头不见清光，似乎那澄明的光也迷失在满城的灯火中了。

不过记得有一年友人相约，驱车到山上望月。山上是离开乡村后望月的佳处。

我们到达离城不远的一座山顶，山上有亭，亭四角飞檐上翘，圆月似乎刚好挂于飞檐上，伸手可摘。亭中有凳，可站着观月，可坐着聊月。月色给整座山披上了一层纱衣，仿佛一缕轻烟若隐若现，若升若沉。我们的衣襟，甚至整个人也在轻烟中，清风徐来，飘飘乎如遗世独立，羽化而登仙。友人二三，更多的是静默，感动在一天一地的清辉中，感动在天上人间皆圆的美好中，偶低言几句，也有了"不敢高声语，恐惊天上人"的感觉。

去年另一友人于微信中邀我望月。其时，我正坐于床上看书，友人发来信息，说今晚的月又大又圆又亮，值得一望。我遂丢掉书本，步入小区。在高楼之间的空旷处仰头而望，果然皎皎空中月一轮，纤尘不染，清辉四溢。其时，友人阳台上的花开得正艳，和月而拍，传我共赏，正好是花好月圆。

我终于知道，不管是在乡下，还是城中，抑或山上，明月一直都在。

118

"皓魄当空宝镜升，云间仙籁寂无声。平分秋色一轮满，长伴云衢千里明。"

每个人需要的只是一颗望月的心，一分待月的闲情罢了。

望月，而意不在月，意在心中永存的一念美好，意在永不褪色的浪漫之情，意在永不减退地对生活、对自己和对他人的爱。

期待年年月圆，年年同望。

闲雅心境晤古意

　　东溪古镇一身古意。

　　她的古意迂回曲折，深藏若虚。若单单打马经过，唐高宗时丹溪县的繁华也就淹没在你的马鞭声中了。

　　她的古意上下起伏，彰显无遗。若你带着兵荒马乱的尘步穿行，你不会看到青石板的雅致、吊脚楼的风情。

　　她的古意铿锵有调，雕文刻镂。若是闭目塞耳，或庸耳俗目，那戏台上咿咿呀呀的唱腔打动不了你；那彩绘而成的脸谱不过显得滑稽，戏装透露出的身份、性格、情绪你也无从知晓；那康乾盛世时期万天宫和南华宫的木刻浮雕也就完全被你忽略而过。

　　这时，你需要脱下一身的过客风尘，闲下来，静下来，沿着一级一级石阶，走入两千多年前的茶马古道。俯下身，你才能听到岁月深处传来的嘚嘚的马蹄声。抬眼望，你才能看到当年运送茶盐的繁盛之景。凝神看，赶马人额上还留着未来得及拭去的一颗颗闪动着的汗珠。

走上太平桥，驻足，抚摸一块块布满苔痕的条石。桥头石狮或残缺或完好，依然庇护着这座有着六百多年历史的桥，让它太平如初，让你仿若穿越到明太祖朱元璋时期。看桥下水流滔滔向前，恍然间，那水也是从明朝流来的吧？

随处可见的黄葛树枝叶婆娑，仿若绿色的云在你头顶飘浮。而让你想象不到的是，那绿云或许也是一千多年前的云。风吹过，枝叶飞舞，沙沙有声，说不定是宋朝百姓耕桑时留下的叨叨絮语。黄葛树盘根错节，根须纵横交错，密密麻麻，莫非是宋朝的版图缩影？

沿着码头河道的青石板路上行，步入龙华寺。清雍正时期修建的寺是砖木结构，随坡势而建，回廊翘檐，雕花木窗，古色古香。寺内供奉释迦牟尼、阿弥陀佛、文殊菩萨、普贤菩萨等，你可以烧香拜佛，祈求庇佑。

慢慢地，你可以步入古镇曲折回绕的巷子了。每一条巷子穿着相同的古衣，举手投足间带着相同的古韵，你得当心不要迷失在她们相同的韵致中。

行至麻乡约民信局，从墙上的图片文字中你可以看到一百四十多年前的信件传递方式。

到了万天宫，你可以欣赏到三百四十多年前的镂空木刻浮雕，你的脑海中会再现"单刀赴会""空城计"等一个个历史画面。

相邻的南华宫是两广籍人入川住东溪的会馆，同样可以欣赏到镂空木刻浮雕展示的历史故事。步入南华宫，古戏台上"藻井"的立体音响正好。这时，你走得有点乏了。四方桌，寻一个位置坐下，一边赏戏一边喝茶。不懂川剧、不懂变脸没有关系，你需要的只是坐下来，不急着走，带着一份优雅心境和清白幽思与她会晤。一折戏、一杯茶中，世间的风啊云啊，自然各归歇处。

饿了也不打紧，百步远的杨狗烧腊、黄荆豆花、刘氏黑鸭子尽可以满足你的美食欲。饭馆内的方桌条凳古意盎然，入口的美味古意绵绵，你俨然一个古人端居而食。

　　带着这样的闲雅心境与古镇相晤，悠游其中，这时的你已身披古意。

趁晚晴，涂上七彩的霞

日落西山，有夕阳无限好的美，也有只是近黄昏的怅。

若与所亲所爱携手，耽于每一寸光阴，像同吟一首诗，或共饮一壶酒，就算简单的一粥一饭，那一分惆怅也就没有缝隙可入了吧？

冬至，北方吃水饺，南方吃汤圆，重庆属西南，习惯吃羊肉。昨日冬至已错过，白天上班，晚上看警示教育片，一天满满当当地过去了。我不想再错过今天。

买上肉菜，近八十岁的老爸老妈身体尚健，老爸择菜，老妈烹煮。我呢？回到小孩时的饕餮样儿，当热气腾腾的一桌美味准时上桌时，赞不绝口地大快朵颐。

爸妈依然很享受照顾女儿之乐，仿佛我依然是那个在他们怀里撒娇，在背上骑马的小孩。每每有老友打电话来，爸妈都大声告知老友他们在女儿家，还热情地邀老友一同来玩。

习惯时不时给爸妈买一点零食、一点水果，像小时候我眼巴巴地看着他们赶集给我带回一点零食那样，每次他们眼睛里的一丝笑意让我仿若穿过漫长的时光回到童年。

我不过是贪念着童年那些细碎而动人的美。

坐在老家门前的台阶上，清晨的阳光洒在我发上，妈妈不在家，爸爸笨拙地给我扎马尾，好让我体面地去上学，早晨的那一束光便一直点亮着记忆；妈妈买一个气球，不几天就破了，火红的颜色一直在记忆中闪耀着。

几年前买的一件冬衣，老爸仍在穿，说是我买的。我早已忘记，他却记得。

父母恋着的也只是一些细碎的好，比如一点零食的味道、一件衣服的温度，甚至共吃的寻常一餐，共游的一个老巷。

时光无情，岁月有痕。童年、过往、爱，那些琐碎而温情的记忆让我们有迹可循。

想起朱自清《匆匆》一文中感慨时光逝去如飞的话语，"我觉察他去得匆匆了，伸出手遮挽时，他又从遮挽着的手边过去，天黑时，我躺在床上，他便伶伶俐俐地从我身上跨过，从我脚边飞去了""我掩着面叹息，但是新来的日子的影儿又开始在叹息里闪过了"。

时光如惯偷般悄无声息地偷走我们的青春，便觉得与其花时间怅惘叹息，不如顺心而为，与爱相伴，愉悦家人，愉悦自己，在时光的壁上镌刻下细细碎碎的美好，日后与往事对坐，当下的好经过岁月的发酵，许多年后那双日渐浑浊的眼睛才会蓄满清风，蓄满明月，隔着一个个日子才依然见得到花开。

如此，趁来得及，心动便行动，只为了日月穿过厚重的灰尘我们还能看到迢迢来路那清晰的脉络。

趁着晚晴，与爱人一起坐落夕阳。莫道桑榆晚，用烟火人生的细碎在时光的画布上涂满七彩的霞。

冬藏

时序入冬，不再有夏雷隆隆，不再有秋虫唧唧，不再有春雨沙沙。而冬雪温柔，落地无声，人除了上班，便窝在家里，冬似乎安装了消音器，让失去声音的天地变得孤寂起来。于是，"千山鸟飞绝，万径人踪灭"，唯老翁披蓑荷笠，"独钓寒江雪"，也是无声无息的。

冬还由着秋带走了全部斑斓的色彩。碧云天，黄叶地，秋色连波，属于金秋的一切，一阵风席卷而去，只留给冬萧索的寒枝，直指阴沉的苍穹。

就连翩翩堂前燕，也是冬藏夏来见。

其实冬，正是天地闭藏、水冰地坼，是万物蛰伏、生机潜藏的季节。

而万物蛰伏、生机潜藏的冬自有冬的美好和雅趣。不过是将色彩、温度、声音一一潜藏，若身处其中的我们能高明其怀、旷达其意、超尘脱俗、别具慧眼、览景会心，便可感受到冬的美好，而得真趣了。

冬雪飘时，上下一白，似乎是一种色彩的单调。然而在范仲淹眼里，是"昨宵天意聚回复，繁阴一布飘寒英。裁成片片尽六出，化工造物何其精"；李白则说雪"应是天仙狂醉，乱把白云揉碎"。而不写诗的我们则可以在雪地里堆雪人，打雪仗，捕鸟雀……雪的肆意和我们的快意相辅相成。雪花色彩单一，一袭素衣，自有素美，身处其中，心无旁骛，更得其乐。

冬也是有声音的。不过冬的声音是微小的，是轻的。冬正是用自己的沉寂，教我们学会听轻的、细小的声音，关心感知，变得细腻。正如致广大，先致精微。"已讶衾枕冷，复见窗户明。夜深知雪重，时闻折竹声"，夜深人静，雪落竹林需要一双善于倾听的耳朵。"飞雪有声，唯在竹间最雅"，明代戏曲家高濂称它是玉笙声，没有雨滴那么响，只是雪落惊竹，惊起一阵清音。这是冬的雅韵。

"绿蚁新醅酒，红泥小火炉。晚来天欲雪，能饮一杯无？"约友一二，雪中温酒，围炉而饮，你能说冬没有温度吗？朱自清家的小洋锅煮白豆腐，热腾腾的，水滚着，像好些鱼眼睛，父亲从氤氲的热气里伸进筷子，夹起豆腐，一一放在他们哥儿三个的酱油碟里。你能说冬没有温度吗？冬的温度是陪着家人、友人的热气腾腾，是用心感受的温暖和爱。

冬的简单、清寂，不过是让我们沉静下来，不受过多的喧嚣打扰，用心地感悟大自然和生活中的美好。

冬天来了，春天还会远吗？残冬并非指冬的残缺，而是一年到头，安静中为新的一年做准备。

司马迁言，"夫春生夏长，秋收冬藏，此天道之大经也"。

顺应季节而动，冬藏，是为了春生。

126

莲叶田田

莲之爱，同予者何人？初读，我尚在上初中，其时很是不解，爱莲者甚众，何以周敦颐发出如此喟叹？

虽然，莲，于幼时的我而言是抽象的概念。家住深山，有薄田几亩，只是用来种稻子，是断不会种莲的，不是不爱莲，是莲不能当饭吃，不能解决一家人的温饱，当然在那个特定的年代，即便种上稻子全家也只是半饥半饱而已。稍长，偶尔在别人的池塘中看到散落的几株，或开或谢，或只是莲叶几张，都歆羡不已。

说来惭愧，"莲叶何田田""田田藕叶绿如裳"，第一次看到那种成规模的盛景还是在长大参加工作之后。

许是受周敦颐《爱莲说》的影响，"莲，花之君子者也"，荷塘、荷花、荷叶带给我的总是清凉、安静、淡泊的感觉。莲叶田田是君子云集，"出淤泥而不染，濯清涟而不妖，中通外直，不蔓不枝，香远益清，亭亭净植，可远观而不可亵玩焉"。任红尘万丈，任繁华三千，一群志同道合的君子守一隅风光，享一份清欢，获一份安然，那也是一种高雅吧。"不受纤尘偏受露，十分清绝倚晨光。"清清雅雅，摇曳着芳华，让清宁的时光，安放全部的自己，在空灵和悦中度过每一天。在一路风景中且歌且行，且行且悟，在心静性闲中静影摇波，清香随风。

虽生污泥，却与污浊无干。在风轻云淡的日子，在风卷云涌的时刻，用禅心倾听外在和内里的声音，淡泊素简中静待生命的绽开。"接天莲叶无穷碧，映日荷花别样红。"以绿盖擎天，以红花映日，风来香气远，日落盖阴移。莲叶田田，在素色年华中展示自己的美丽和价值。

古人涉江采芙蓉，所思在远道；周敦颐著《爱莲说》，对莲的赞美，别有寄寓；我爱莲，犹爱莲叶田田，也许正是源于我书写素色流年，渴望邂逅美好，与美好同行的愿望吧。

愿每个人找到自己心中的一池莲。

清简

写下"清简"这两个字，也是对内心的芜杂作再一次清理。

哪些枝枝杈杈分散了我的注意力，让我左顾右盼，让我忘了最应该关注的点？柔肠一寸愁千缕，牵肠挂肚太多，需要不定时修剪。愁和累就越积越多，人终会不堪重负，身心说不定什么时候就会出现或大或小的故障。

一个人应该定时离开纷繁的网络、鸡毛的日常、琐碎的工作，给自己一点儿时间，安静下来探知内求，也就是向内看自己，探知自己的真实意愿，静下来倾听自己内心的声音。

停下来问问自己：让自己欢愉的究竟是什么？或许有人会说，人世间所有物质精神上的美好，都让人欢喜，都是我想拥有的。这样的回答似乎无可厚非，但事实上你并没有真正安静下来感知内求，这样笼统的回答仍是外求。以欲为乐，而欲无止境，人心亦没有止境，烦恼也就没有止境。

我们的肉躯其实所需甚少，一粥一饭、布衣素食即可。"衡门之下，可以栖迟。泌之洋洋，可以乐饥。岂其食鱼，必河之鲂？岂其取妻，必齐之姜？"

荣名利禄如过眼云烟，正是对名利无止境的追求以及物质上无止境的欲望干扰了我们的思绪——许多我们以为必不可少的东西不过是增加着我们的负累。

清简内心，素净清欢。

清简，是梅的疏枝横斜，暗香袭来；是雪泥鸿爪，一小点儿让人欢喜的印记；是颜回的"一箪食，一瓢饮"，不改其乐；是杜甫"致君尧舜上，再使风俗淳"的宏伟抱负；是李白的酒，酿作千古的诗；是诗中的留白，蕴藉含蓄，余味悠长。

大自然给我们以清简的启迪。路边花草，伴着天光，安度晨昏，无声开落，不仅点缀了整个世界，也在骚人墨客的文字中以某种精神活成了永恒。甚至风起雨落，飞雪飞絮，它们只以自己有辨识力的声或形昭然世间，不去慕求多余，不去效仿别者，自有沉静之美，自有清简之姿。

季节以别样的清简展示着自己的美好。

春水初生，乳燕初飞，春林初盛，小径清幽。看花人还未来，琼苞待放，春天寂静地欢喜着，安然地蓬勃向上。秋水长天，鸿雁飞翔；红叶飘落，树枝萧萧，直指沧溟。秋天如落叶般静美，如秃树般从容，如飞鸿般笃定。夏蝉何以流响出疏桐？无非是知道只有九十天的生命，因而全情投入，不慕玉盘珍馐、豪宅丽服，整日餐风饮露，高鸣枝头。冬雪着一身素衣，活得洁净而清冽，自有凛然之美。

清简如爱，"弱水三千，只取一瓢饮"。若惊鸿相遇，就让爱进驻彼此的心，不再朝三暮四，辱没了爱这个字。

清简也是一门人生学问。在烟火绚烂的人间，在物欲横流的红尘，遵循自己的心意，按照自己的信仰生活，不左摇右摆，内求乐得其性。
任风过雨过，吟啸徐行，竹杖芒鞋，自在欢喜，烟雨任平生。

　　清简内心，如此，素净清欢。

清修一宅

中国人是有宅子情结的。

钱多置一江边豪宅，或山中别墅；钱少便陋巷蓬门，更不济也要在山野立一柴扉。就连一生穷困潦倒、衣食难保的杜甫也呼吁"安得广厦千万间，大庇天下寒士俱欢颜"。

时光不可能倒流，人们也不可能回到山洞或者树上居住。安身世上，宅子便成了必需品。它遮风避雨，给我们的身体提供一个栖息地，一个庇护所。

我们在热衷于为身体修一座宅子的同时，有没有想过为心灵修一座遮风避雨的宅子呢？

我分明看到一些住着豪宅的人，他们的灵魂在凄风苦雨中飘摇。

我宁愿住着蜗舍，吃着素食，阳光洒落案上，照着我打开的书本，给一行行字镀上一层暖。彼时，我与灵魂对坐，在一个个字符开出的花中染香，在一篇篇文章的流泉中濯衣濯足，寂然欢喜。

大雪满山时，舍中有炉，有友雪夜相访，我捧出清茶一盏，我们围炉清聊；一人独坐，我听雪落，看炉上的水嘶嘶地冒着热气，和古书中的人物对话，甚至和李清照一起读书泼茶，和李白结伴同游天姥。一个人的雪夜并不清幽，也热闹得很呢。

春天来了，我打开窗子，欣欣然邀万物进屋。桃红为我涂腮，柳绿为我描眉，青山为我绾髻，云彩裁成衣裳，我和复苏的万物同赴春天这场盛大的约会。

我还要送给夏日的熏风和鸣蝉一副清凉散。告诉它们心中有绿树，处处都是阴凉。邀它们同去西湖赏碧连天的荷叶，还有那日光映照下别样红的荷花。或者哪儿也不去，小窗枕卧，看水晶帘动，微风送来满架子蔷薇的香。夜来蛙鼓相伴，梦中一起憧憬稻熟。

凉月在天，皎洁一地，吾心安处是吾乡，秋天我不会低头思故乡。我听山中的松子落，知道你还没有睡，掬一捧白月光，除了自娱，恰好可以遥相赠。听秋虫唧唧，每一寸肌肤应和着它们的旋律，一起奏出秋的和谐曲。

一年四季，我就在这些细细的美好中清修一宅。

一声鸟鸣、一缕花香、一片月白、一瓣飞雪、一杯清茶、一卷古书，任岁月更迭，世事纷扰，我与它们心神契合，脉脉相依。我见青山多妩媚，料青山见我亦如是。在两厢愉悦中修一清宅，妥帖地安放我的灵魂。

内求于心，外相皆由心生。如此，沉浸在自己内在的世界中，方可清修一宅。

秋日的沙溪

秋日的沙溪是安静的。

不是生如夏花之绚烂、死如秋叶之静美的静，不是沉睡的静，不是阅尽千山后的静，而是前路漫漫，吾心笃定的静，是沉思的静。

烟青色的山临溪照影，起伏连绵，自呈巍峨，自显肃穆。苍绿的树是新近换上的秋装，顶上的白云是斜戴的帽子，为着即将到来的冬，为着奔向更远处的春，它们已整装待发，一副远行人的派头。

临水而居，正在修建的红褐色高楼崛地而起，塔吊强有力的手臂在空中挥舞，把机器发出的轰鸣声禁锢在一隅之地。傍河觅食的鸟雀在林间步道上跳跃飞舞，不惊不惧，三五只，啾啾唧唧，偶见枝丫轻颤，寻也无踪，只有叶底回绕的鸣声一二如同别语。

早几年已清理一净的沙溪鱼虾清晰可见，总有人临水垂钓，相隔数尺甚至更远，一个马扎、数根竹竿，叼着一根烟，于缕缕烟雾中"望穿秋水"，不是对远方亲友的殷切期盼，不是对鲈鱼莼羹的深切念想，只是习惯盯着微漾的秋波。钩动，心动；钩静，心亦静。有人经过，也只是回望一眼。一眼过后，依旧盯着一溪秋水。这样安静地垂钓，度过浮生半日，或是得一日之闲，又仿佛一生也可以这样度过。

秋日的沙溪是斑斓的，也是灵动的。

河畔之树，多为长柳、修竹、黄桷。金黄的黄桷树叶子飘落在地，如栖息的蝴蝶。柳叶儿、竹叶儿黄绿中带着红色的斑点。柳枝长长像老爷爷的胡须，垂落在河面上。风霜后的竹疏影失青绿，但直立如剑，直插云霄。金风拂过，地上的叶儿、枝上将落的叶儿便在风中翩翩起舞，像一群身披彩衣的姑娘飘然转旋，嫣然纵送。

仁者乐山，智者乐水，秋日的沙溪是深谙世事的智者。几座桥以静默的姿态横卧在沙溪河上，每天默默地把此岸的人们渡向彼岸。

秋日的沙溪如知心爱人。与之并行，不说一句话，已是两心相知。

行走在沙溪河畔，它的安静、它的斑斓、它的灵动、它的睿智，引领着我，我的心亦如同这一弯秋水，安静地流向远方。

半山听雨

半山听雨，初闻，似幽居山中的女子，着白纱长裙，裙摆曳地，袅娜着走向半卷的帘帷，倚窗玉立。窗外，烟雨蒙蒙，山峦葱茏。有一缕幽思，有一丝遐想，有一点期盼，有一份静谧，有一种干净。

被它深含的意蕴折服，后来才知道这是一首古曲。

我不懂古曲，但不妨碍我的喜欢——雨中抚琴，听雨亦听琴，想想都美。山中的雨夜，你是抚琴的人，我是顶雨上山的友。室外，雨落长空；室内，执手抚琴。我们对坐，不语，琴声悠扬，雨声空灵，缕缕情愫随之婉约，嫣然，沉静，从容。

对雨，从古代文人的诗中可以看出古人对雨的喜爱。

"好雨知时节，当春乃发生"，是春雨不期而至的欢喜；"云攘千岭碧，雨献一天凉"，是夏雨带来的清爽；"空山新雨后，天气晚来秋"，幽清明净的空山秋雨寄托着诗人对安静淳朴生活的向往；"小楼一夜听春雨，深巷明朝卖杏花"，明艳生动的春光图跃然眼前，但诗人彻夜不眠，眉间心上的国事家愁挥之不去，诗人的郁闷惆怅、落寞情怀与春光的鲜明生动形成了强烈的对比；"秋阴不散霜飞晚，留得枯荷听雨声"，枯荷听雨中有着浓浓的怀友相思。

古人听雨，和情绪相关，有国仇家恨，有难以承载的情感寄托，像烟和雾的缠绵，你中有我，我中有你。

古代的山也不是常人眼中的山，山居也不过是到退隐之地居住，有着太多的不甘，太多的无奈，太多说不清、道不明的情怀。"孤吟谁与和，落叶上阶鸣"，山居的诗人仍然盼着知音相荐，伯乐提携，久而不得，才有孤吟；"青山依旧在，几度夕阳红"，必得等到历尽沧桑，白发满头，才能将得与失都付与笑谈，是非成败转头空，才发觉，唯青山依旧；"江碧鸟逾白，山青花欲燃"，春归人未归，唯叹何日是归年，如此美的山光既与我有关，又与我无关。古人或是身在山野，心系朝廷，或是身在朝间，心系山中，总是有那么多身不由己。

"少年听雨歌楼上，红烛昏罗帐"，歌楼听雨，太喧嚣，不是我喜欢的；"壮年听雨客舟中，江阔云低、断雁叫西风"，听雨客舟，断雁加西风，孤苦、悲凉，也无人喜；"如今听雨僧庐下，鬓已星星也。悲欢离合总无情，一任阶前、点滴到天明"，暮年听雨，任阶前点滴，似乎已心如止水，波澜不起，彻夜听雨，不过是饱经忧患，欲说还休。

古时山居也罢，听雨也罢，其况味应与生活的飘摇不定有关，心如飘絮，难以道清，只好寄寓诗中，倒也汇成璀璨而浩瀚的诗海。

半山听雨，唯清平世界，现世安稳，最能静下心来，伴着不惹尘埃的琴弦低吟浅唱。或沏一壶茶，或执一卷书，茶喝不喝都没有关系，随它凉去，书看不看也没有关系，风吹到哪页是哪页，随它翻去。余音缭绕中，静静地聆听，随缘，随心静度流年。雨声滴答中，品味它的诗情画意，宛如欣赏一幅极致的水墨画，飘逸的墨韵袅袅生香。

半山听雨，品一段静谧，享一段闲暇，拥一片悠然清绝的心境。

岁月安好，不如来半山听雨吧。

山中一日

　　山是古剑山，一念起，无须纠结，兴起晓来驱车，兴尽日落返回，得一日之乐。

　　暑热正盛，借周末之机，走出密闭的空调屋，入山寻幽。古剑山的距离刚好，离城近，驱车二十分钟；海拔刚好，一千米左右，冬有白雪夏有凉风；植被刚好，浓荫蔽日，满眼翠色已生凉意，阴凉的地方没有一丁点儿暑气。

　　到山中寻一林间空地，铺上睡垫，在两棵古松间系上吊床。边上有净音寺的禅音，有农家小院飘来的豆花香，有松风阵阵，有蝉声悠悠。阳光透过枝叶缝隙洒下金光点点，我和家人同别的游客那样，在各自的睡垫上伸展四肢，或蜷曲侧卧，或盘腿而坐，像一只猫尽情地享受光阴的爱抚。或者干脆让身体置于吊床，接受摇篮的呵护，在轻缓的摇摆中读书、聆听、闭目，忘记今夕何夕。

　　山中自有佳处，佳处自有人来。停车场和山间公路旁摆满了车，形成静止的车流，没有喇叭声和驱驰声，停着的一辆辆车仿佛是从山中长出来的，成为森林的一部分。

那些车的主人呢？每个人各自寻着各自的乐子。除了置吊床睡垫的大人，小孩子在古木阴中不知疲倦地跑来跑去；香客在买香、买钱纸，也有的在跪拜祈愿；卖西瓜的人任由一个个西瓜在地上摊开，也不吆喝，任由来往的人看或不看，买或不买；农家小院屋顶有炊烟袅袅，有食客进出；石洞打造的零食站点各类零食琳琅满目，进进出出的人手中捎带着什么，门前的松间空地摆着喝茶的小桌椅，几个游客在喝茶、嗑瓜子，聊着什么，似乎什么也没聊；行人三五几个正往山顶而去，也有一小群一小群地从山顶下来。这样热气腾腾的生活场景我却感受不到任何喧嚣，莫非茂密的森林是一个巨大的消音器，所有的声音都被消隐了？

山上的游人与山融为一体，像树木无拘无束，自由自在伸展着腰肢，像树木那样获得了一种超然舒缓的喜悦。

我和家人没有去品尝终年不息、不溢不竭的"一碗水"，也没有去看神秘莫测的"摸儿洞"，没有仰望独坐崖头的顽猴、昂首奋蹄的白马和擎天一柱的石笋，也没有入庙净手焚香，我们甚至很少说话。就这样或坐或躺，或行或止，在参天古木的茫茫林海中，感受着大自然的气息。草在结它的种子，风在摇它的叶子，我们站着，不说话，就十分美好。这是顾城的诗意，也是我和游人在山中感受到的诗意。饿了起身走几步吃一碗豆花饭，森林中山泉水煮出的石磨豆花在舌尖上绽放出不一样的滋味。

回来有同事问，没有开一个房就在森林中过了一天啊？我平静地回答，是的。想起王阳明"饥来吃饭倦来眠，只此修行玄更玄。说与世人浑不信，却从身外觅神仙"这首诗，山中一日，世上千年。和家人在一起，无烂柯之忧，在层峦叠翠中心灵完全沉静下来，此种愉悦非亲历者难以体会。

当你感受到世俗捆绑的压力，当你烦了累了倦了，入山去吧，山中一日，让松风洗净你久积的尘埃，让大自然的诗意润泽你的身心，让心灵短暂地放空一下。

随缘应世

在搭上高速发展的时代列车上，在经济建设突飞猛进的变化中，我更愿意是土壤下的一粒种子，不钻营，不投机，静静地等着发芽，迎来自己的春天。

我愿意是古书中的一个字，经年地、傻傻地待在一页中，等着有心人、有缘人来翻阅，两相了然于心而结一段善缘。

就像种子在土壤下不见日月的努力终会感动上苍，我知道我在古书中的祈祷终会让怜惜古书和懂得那个字的你感知到。

由此，我愿意一生随缘，从容应世。走着走着，送走日落，静赏月明；花开染香，花萎泥藏。

随缘应世，不是消极地等待，更不是随波逐流。

它是黑暗中的心怀光明，是沉寂中的梦想照耀。

是苏秦学纵横之术，游历多年，潦倒而归，妻不以他为夫，嫂不以他为叔，父母不以他为子，而能闭门苦读的十分清醒，最后才有身怀六国相印，衣锦还乡的水到渠成。

是苏东坡贬到黄州第三春的"回首向来萧瑟处，也无风雨也无晴"；是他黄州谪居第四春的"人间有味是清欢"；是他一贬再贬流落异域的"此心安处是吾乡"。正是他的随缘应世，最终成就自己为宋代文学最高成就的代表，并在诗、词、散文、书、画等多方面为后人所仰视。

随缘应世，是挫折时的不聒噪，不喧嚣，不萎靡，不凋落，是沉寂地应对，是安静地成全。在这一份沉寂和安静中成全他人，终会成就自己。

随缘应世，是一个人的进退自如，宠辱不惊；是能够深层次地理解得失，修炼自己像苏东坡那样成为"一个不可救药的乐天派"。

云无心以出岫，鸟倦飞而知还，是陶渊明的随缘应世，是他出仕彭泽县令八十天后的弃职，是余生的采菊东篱下，悠然见南山。

人生沉浮，世事难料。随缘应世还是缘起缘灭皆是缘的接受和闲淡由之。

杨绛在深爱的女儿和丈夫相继去世后，细心地为自己的灵魂清点行囊，在九十二岁高龄时回忆他们一家三口之缘而写出《我们仨》；一百零三岁还出版《洗澡之后》一书，为这个故事写了一个称心如意的结局。

随缘，是花之将落、春之将去的不痴缠，是夏虫不知有冰的不纠结，是行到水穷处，坐看云起时的胸襟和心境。

随缘，正是牛奶泼洒一地时收起的眼泪；是持帚清扫，不让一地流淌的牛奶滑倒自己和他人的睿智。

有了随缘的淡定和豁达，才有从容应世的智慧。

一生不过飞鸿踏雪泥，泥上偶留一点指爪印。

我愿随缘应世，遇见花开。

第四辑　医路同行，渡人渡己

扶贫路上画个圆

　　2018 年是脱贫攻坚三年行动的开局之年，2019 年是中华人民共和国成立 70 周年，是打赢脱贫攻坚战攻坚克难的关键一年，作为医院扶贫团队中的一员，这两年我有幸全程参与了綦江区文龙街道太公村的健康扶贫工作。两年来，我见到了生平从未见过的景象，了解了生平从未了解过的故事，感慨颇多，感动颇多，只能择其一二记录。

　　时隔两年，第一次到太公村健康扶贫的情形依然历历在目。太公村总面积 0.2 平方公里，总户数是 584 户，总人口是 1618 人，贫困户总户数是 26 户，总人数是 101 人。地形为一个大大的圆，圆的中心被一个不可跨越的沟壑分隔开。太公村的入户访视，基本就是用双脚画一个大圆。我记得访视结束，太公村特殊的地形让我有感而发，还作了一首诗：

　　"仰视山居疑接天，几声犬吠到窗前。

　　上坡下坎峰回转，走遍村庄画个圆。"

　　我们扶贫团队一行 6 人早晨 6 点起床，7 点钟救护车从医院出发。那天天公不作美，下着霏霏细雨。车开到村主干道，路面夯平整不久，尚未硬化，在一个又陡又弯的拐角处车子开始打滑，怎么也爬不上去。我们只好全部下来推车。行到不能行时，并未出现柳暗花明。在太公村乡村医生卢小刚的带领下我们从一侧山脚沿途入户到山顶，从山顶返回山脚后再从沟壑另一侧的山脚沿途入户到山顶。行走在田间的黄泥路上，我们需要万分小心，稍不留神就会滑倒在泥泞的田土中。我们扶贫团队不畏艰险，翻山越岭，衣服分不清是被汗水浸湿还是被雨水打湿，每到一家，不敢休息，马上和他们交流谈心，了解他们的家庭成员和生产生活情况，经济收入以及遇到的困难、问题，了解他们的饮食和健康状况，给他们测血压、测血糖，做基本的体格检查，帮助他们建立居民健康档案，向他们宣传基本公共卫生服务政策，宣传家庭医生签约服务，并在他们充分理解、完全自愿的情况下签订家庭医生签约服务协议，在他们的外墙上用钉子固定贴上连心卡，宣传健康和扶贫政策。

我记得那天的最后一家帮扶户姓蒲，需要先走下长而陡的石阶，再上行沿着长而陡的石阶回到村路。当时已经劳累了一天，大家都有点筋疲力尽了，何况还要走这种下坡脚杆闪、上坡脚杆软的石阶。才跨出校门不久的护士小叶泪珠儿在眼眶中将落未落，但依然坚持着和我们一起走下长长的石阶到达蒲大哥家。蒲大哥的媳妇是重度精神障碍患者，家庭医生小罗和社区护士小叶给他的媳妇做了详细的康复指导和护理指导。蒲大哥感慨地说："下着雨路这么滑你们都来了，共产党的政策真是太好了，不仅给我们这样的家庭送米送油，还关心我们的身体，我们庄稼人生点病都是挨，你们比我们自己还上心。"

一天下来，我们的鞋子上全是泥浆，完全看不出鞋子的本色。我们戏谑地称之为"扶贫鞋"，争相拍照发在朋友圈，记录下鞋子默默做出的贡献。

"路漫漫其修远兮"，接下来的两年，我们一次次地走入村子，用我

145

们的双脚画着一个又一个圆，亲眼见证着贫困户一点一滴的变化，每个人的心里感到无比欣慰。

山顶上有一家贫困户，只有母子两人相依为命。梅阿姨七十多岁了，短发尽白，患着高血压、重型癫痫。儿子张大哥四十多岁，仍未成家。我记得第一次入户时梅阿姨的血压特别高，固执地不吃药。她说："咱农村人的命贱，只要没有倒下，照常上山下地干活，没有闲钱吃那个药。"我们扶贫团队耐心地给她做思想工作，罗医生用通俗易懂的话给她讲解高血压和严重癫痫不加控制的严重后果，以及疾病发展到最后对生命的威胁。固执的梅阿姨最终被我们说服，开始规律服药。我们定时入户随访，现在梅阿姨的血压和癫痫都得到了很好的控制。短短两年，他们的经济状况也发生着变化。第一次入户时，他们的住房只有政府帮助修建的两室，堂屋内堆满了庄户人常用的田间工具，厨房被委屈地挤在堂屋一角，屋内混杂着很多说不清的味道。最近一次入户，由于张大哥不用担心老母亲的病情发作，已经在村干部的帮助下就近谋得了一份工作，工资每月两千多元，他们的房子加盖了一层，还在房子旁边新修了厨房，走入堂屋我们再也没有闻到那说不清、道不明的异味。梅阿姨刚好患了感冒，罗医生给她做了体格检查，我们拿出健康礼包，递上感冒药，教她测读体温。梅阿姨激动地说："我已经七十多了，活得差不多了，也没有什么盼头，哪天眼一闭腿一蹬就省心了。没想到现在政府帮我们盖了房，你们又帮我把身子调理好了，儿子也有了一份工作，我觉得活着又有了盼头，连普通感冒你们都会给我送药上门，我一定要好好活着，多活几年，说不定哪天能看到我儿子结婚抱上孙子呢。"

蒲大哥和梅阿姨不过是太公村26户贫困户中最普通的两人，我们感受到的温暖还有很多很多。"身向太公不计程，悠悠山路似蛇行。送医入户初冬暖，处处蓬门笑相迎。"这可以说是我们走村入户到每一家的真实写照。

走在太公村，不仅有人带来了感动，还有乡村特有的风物流露出的诗意，它们随时温暖和抚慰着不分节假日穿梭在田间地垄的我们。

　　十一月的山村，已经有微微的凉意，但走在乡间小路，全无诗里秋冬的悲凉，反而处处有惊喜，时时有感动。院坝边摇曳着的金黄菊花，枝头挂着的饱满的橘子、柚子，那代替行动不便的主人摇着尾巴远送我们的狗，那满路灿然开放的白色的山茶花，田间地头卧着的或大或小，或绿或黄的南瓜，它们象征着淳朴的村里人家对一切赐予和眷顾的感激，象征着丰收的喜悦，象征着所有人对美好生活的向往。这一切沉淀在我们心中，转化为说不出的美妙和灿烂，带给我们不断的惊喜和慰藉。有一次，远远看到苍翠的山野上飘着点点白云，或浮或止，很是好看，走进了才知道原来是放养的羊群。"山村风物自欣欣，苍绿丛中种白云。几处浮游几处止，近看方知是羊群。"这么美丽的景色，我不由得诗兴盎然，忘记了肉体的疲惫。

　　"但愿世间人无病，何妨架上药生尘。"我们渴望这里的人民早日摆脱贫困，但也深知贫困不是一两天产生的，疾病也不能短时期治好。在今后的很长时间，我们和綦江区无数扶贫团队一起，依然会在这些山间小路上往来穿梭，用我们的双脚画上一个又一个圆，着力解决"三年后"和"后三年"脱贫成效巩固问题。对我们而言，脱贫攻坚，健康扶贫，永远在路上。

一个也不会掉队

引子

2021年3月，在一个花香鸟语，有着浓郁春天气息的寻常日子里，我跟随文龙医院健康指导队的医生走入万兴小学。

我去看望一个叫韦聖雲的孩子。

他是重庆市綦江区文龙街道白庙村7队贫困户韦中正的儿子。

进入校园看到迎面走来的李校长。李校长热情地指着韦聖雲的教室，说他上一年级。

正好是下课时间，几个孩子正从教室门口跑出来，有的跑向操场，有的跑向厕所。我问经过我身边的小朋友："你们认识韦聖雲吗？"小朋友大声回答："认识！认识！"说着带着我走向教室。不一会儿那个跑得最快的小朋友又跑出来告诉我，韦聖雲上厕所去了。

等了不到两分钟，看到一个穿着红衣服的孩子一闪便进了教室。同班的小朋友大声叫着"韦聖雲"，告诉他有人找他。刚坐上板凳的韦聖雲站起来，小脑袋转了一圈，问谁找他。我便走向韦聖雲。

这是一个活泼大方的孩子，不大的眼睛闪着春水般的光泽。中等个子，红色的棉衣有着太阳的亮丽，青色的裤子，黄色条纹装饰的儿童运动鞋，完全没有一般山村孩子和陌生人交谈的窘迫与害羞。他大方地跟着我走到教室外边。

他说他爸爸每天骑着摩托车送他上学，放学了又骑着摩托接他回家。他告诉我，他做过手术。边说边撩起红棉衣和绒衫让我看他的肚子。在肚脐上方有几个不大的疤痕，白色的，很显眼。那应该是两年前的腹腔镜手术留下的印记。说话时他带着一丝骄傲的神情，告诉我们同龄的孩子只有他有这样的疤痕！他并不知道那是一场险些让他失去生命的大病。他告诉我他现在仍在吃药，早晨晚上都要吃。我问他："苦吗？"他笑着说："圆圆的，小小的一粒，一点也不苦。"

这是一个从苦难中走出来的孩子，也是一个坚强的孩子。小小的年纪已经把所有经受的苦当作生活的一部分。他那阳光般的笑容不会让你联想到他曾经的疾病和曾经飘摇欲坠、行将坍塌的家。

而我也并不知道这样一个鲜活的生命差点儿被放弃治疗，差点儿永远阻隔在 2019 年那个春天的门槛。

政策"点灯"照亮前行的路

韦聖雲的妈妈王琴是一个苦命的人。从半岁起她就患上了支气管炎，家中经济的窘迫延误了治疗，落下病根。如今三十七岁的她坐着喘，走路喘，上坡更喘。家中所有重活全都落在丈夫韦中正的肩上。

韦中正也是一个苦命的人。他清楚地记得，那是 1991 年，他的妈妈抛下他和爸爸，另外组建了一个家。那一年他患上肾炎，在綦江区人民医院住院，妈妈到医院看了一眼卧病在床的他，便一言不发地离开了。心痛和倔强的他从此和爸爸相依为命。成人后经人介绍认识了王琴，两个苦命的人于 2004 年组建了一个和睦的家。同年年底添了一个可爱的女儿。

因为妻子的慢性支气管炎和严重的哮喘，家中离不开韦中正，他也就绝了外出打工挣钱的念头，日子过得紧巴巴的。到 2013 年韦圣雲出生，女儿韦卓君上小学，家中多了一张嘴，多了一份开支，日子更是过得捉襟见肘。

从韦圣雲出生以来，他看到的家就是黄泥巴筑就的土坯房，摇摇欲坠的样子。一张破旧的饭桌、一个生锈的电饭煲、一个破旧的碗柜、一张摇摇欲坠的床、几个竹编的小凳子构成了他家的全部家当。

他是在妈妈的喘息声中一天一天长大的。他不知道，这只有在他跑得喘不过气来时才会出现的大口喘气，为什么他的妈妈平常走路也会有，坐着也有；他不知道，他家下雨天需要用几个盆子接水的房子什么时候不再漏水；他不知道，四面透风的屋子什么时候才能阻挡住冬天凛冽的寒风；他不知道，什么时候不再有滴答滴答的雨声把他从梦中惊醒；他更不知道，他爸爸妈妈什么时候可以从土地上和家务活中走出来陪他玩。

虽然有那么多的疑问，小小的韦圣雲并不苦恼。他习惯着看到的一切，他习惯着命运给予的一切。他希望快快长大，能像别的小朋友那样背着书包上学。

2013 年，根据韦中正家的情况，村干部对他广泛宣传相关扶贫政策后韦中正提出申请，经审核成为建档立卡贫困户。

2014 年，政府及时将他纳入低保范围，他们家每月开始有了六百多元的补贴。

2015 年对韦中正家来说，是不幸的一年。那是盛夏八月，烈日炎炎。他上山砍来竹子，准备用切割机切成竹丝编几个箩兜（农作物丰收的时候用来装玉米、稻谷等）。谁知他正在切割的时候，插线板从墙上掉下来，切割机砸在他的左脚上，造成跟腱断裂。在医院住了七天，之后回家休养。

意外太过突然，没有人知道它什么时候光临。这一年十月，韦中正的脚伤还没有完全康复。天快黑了，行动不便的他提议在院坝吃饭。贤惠的妻子搬出小桌子，摆上饭菜。两岁多的韦聖雲在旁边蹦蹦跳跳地玩。兴奋的孩子不小心绊倒了桌子，滚烫的菜汤从幼小的韦聖雲头上、胸前倾泻而下。

接踵而至的打击让韦中正不知所措。在孩子凄惨的哭声中亲戚朋友帮着他把儿子送到重庆市儿童医院。

当时他还不知道这只是生活对他的试探性的打击。

所幸经过半个多月的精心治疗，韦聖雲的脸上没有留下疤痕。而韦中正的左脚却永远使不上劲儿了。

劳作时他只能踮脚。

村干部对韦中正家的情况看在眼里，急在心上。韦中正记得也是天快黑的时候，村干部李安庆和尹国容入户进一步了解情况，拍下他家即将倒塌的房子，拍下依然在家养伤的他和儿子的照片。很快，根据政策及时调整了他家的低保。他的卡上每个月有了一千六百多元的补贴。

插上梦想的翅膀

2016 年，因左脚受伤久久不能扔掉拐杖，2015 年两次住院支出数额巨大，妻子不能治愈的慢性疾病，韦中正的情绪一直比较低落。屋里屋外那么多活儿怎么办呢？女儿、儿子一天天长大，这靠着低保延续的日子什么时候才是个头？

扶贫最重要的是扶志和扶智。

扶贫干部深知政策保障只是一盏灯，要想路走得长远、日子变得富足，必须点燃他们心中的希望和信念，必须依靠贫困户自立自强。

扶贫干部深知韦中正的心结，一次次入户，和韦中正拉家常，聊可爱的女儿和儿子，聊生产，聊外面的世界，农忙时帮着他家干一点农活儿。文龙医院的家庭签约医生一次次上门为他复查脚伤，复查儿子的烫伤，对妻子的慢性支气管炎和哮喘进行诊治。

在他们的上门唠嗑中，在家庭签约医生的上门服务中，韦中正的情绪逐渐好转。他懂得贫困户不应该"等靠要"，吃上低保并不是光荣的事，要过上富足的日子，关键靠自己。

2017 年，身体慢慢康复的韦中正在各级扶贫干部的开导和帮助下，开始尝试着养少量家禽、家畜。这一年，他养的三头猪全部卖出，散养的少量家禽也成了城里人的抢手货。他靠着自己和妻子的劳动获得一万多元的经济收益。同年 9 月，四岁半的儿子也背上小书包进入幼儿园。

2018 年，尝到甜头的韦中正扩大了饲养猪和家禽的量。这次他养了八头猪，四十只家禽。随着低保调整，到 2018 年，韦中正卡上每月还有两千两百元的收入。

这一年，綦江区司法局政治宣教科科长王岭接过前面几届扶贫干部手中的接力棒，成为他的帮扶人，开始了每月入户的帮扶活动。王岭总是上门给韦中正家送去日常用品，给孩子送书籍、零食，也为韦中正充电话费，不时购买他家的农产品。

这一年，文龙医院的扶贫团队每月入户为多病的妻子和腿脚不便的他进行免费体格检查，测血压、测血糖，进行健康知识的宣教等，送健康、送温暖。

这一年，政府出资三点五万元，为韦中正家新修住房。

不同部门、不同职业的扶贫干部随时关注着他家的需求，及时把党和政府的关怀送到韦中正家。

日子眼看就要走上正路了。

生活却又同他开了一个残酷的玩笑。

疾病无情，人间有爱

2018年11月，儿子韦聖雲不时地开始发热、咳嗽，说胸口和肚子疼。韦中正以为只是小感冒，从药店和乡村医生那里随便买了点消炎退热药给他服用。十多天后，儿子的病不仅一点儿也不见好转，反而烧得更厉害了，胸口和肚子的疼痛也更加严重。

他带着儿子到綦江区人民医院检查。

他记得当他拿到儿子的检查报告时，也是天快黑了。医生很严肃地告诉他，目前不能确诊是什么疾病，但从检查结果看，病情很严重，必须马上转到重庆市儿童医院进行进一步诊断和治疗。

韦中正眼前一黑。坚强的他很快镇定下来。不能被生活打垮！他抱着儿子，租车连夜赶到重庆市儿童医院。

那是一段黑暗的日子。

安排儿子入院后，留下妻子在医院照顾儿子，他回家照顾家畜家禽，照顾上初中的女儿。半夜醒来，想到大医院住着仍未明确诊断的儿子，想到住院需要的未知费用，想到孤身照顾儿子的妻子，想到家中的一大摊子事，韦中正禁不住流泪到天明。

儿子因为有腹痛，怀疑是消化道的问题，最初在重庆市儿童医院的消化科住院。一次次的检查，一日日的等待，大医院的医生一次次解读检查报告。一周后，病情不见好转，医生怀疑是淋巴肿瘤，不得已转入肿瘤科进一步治疗。

恶性肿瘤，多么可怕的名字！这个在医学领域依然没有攻克的难题。

在谈癌色变的今天，有多少人会淡定地一听了之？亲戚朋友劝韦中正放弃治疗，他们不愿意眼睁睁地看着这个刚刚有一点起色的家，最后因为一场不能治愈的疾病而人财两空。

亲戚朋友劝他放弃，但这个曾经蹦蹦跳跳的儿子，这个鲜活的生命，这个给穷苦的家庭增添那么多快乐的生命，他怎能放弃？他怎么舍得放弃？

韦中正不相信命运，不相信生活的鞭打没有停下来的时候。他不愿意在战斗刚刚开始便缴械投降。

他说："当时我只是想搏一下。这么多年来，我一直在和生活搏斗。眼看生活就要将我打趴，但有党和政府的关怀，有各级部门的帮扶，有扶贫干部和大量爱心人士的关心，咬咬牙也就挺下来了。一直挺立到今天。那一次也不例外，在生活的铁拳面前，我不能倒下！"

疼痛可以靠意志克服。一个现实的问题摆在韦中正面前：钱怎么办？每日需要的住院费、治疗费怎么办？没有钱，药房发药最多延缓一两天，不可能无限期地一直延缓下去。劝他放弃的亲戚朋友明显不可能伸出援手了，谁不怕竹篮子打水一场空呢？

韦中正可以理解，但是理解解决不了燃眉之急。

这一次，文龙医院及时伸出援助之手。

2018 年 11 月 29 日，时任党支部副书记、院长温宏同志组织党政、工会在医院发起了为綦江区文龙街道白庙村 7 组患疑似淋巴瘤的贫困儿童韦聖雲爱心募捐活动。

温宏同志向院职工详细介绍韦聖雲患病情况及其家庭目前面临的困难状况。当说到韦聖雲乖巧可爱，在重庆住院期间，积极配合医务人员检查治疗，没有说一声痛，没有掉一滴泪反而安慰父母和医务人员时，说到韦聖雲全家家徒四壁、房屋破烂，屋内没有一件像样的家具，连吃饭的桌椅都是社会爱心人士捐赠时，在场的人员无不唏嘘感叹！

在温宏同志的带领下，院中层以上领导干部、六个健康扶贫服务团队成员、辖区全体乡村医生共计五十余人纷纷慷慨解囊，积极踊跃地自愿捐款，以实际行动表达了自己的一片心意。2018 年 12 月 3 日，文龙医院党政、工会和健康扶贫办的同志一行五人到重庆儿童医院看望慰问，并将前期医院发起的爱心募捐款一万元交到了韦聖雲父母手中。

帮扶人王岭先后联系区民政、农委、街道、医院、红十字会、保险公司等部门单位，为他在水滴筹平台申请好心救助筹款，连续多天不断帮其写申请资料、上传病历及家庭情况资料，与水滴筹平台电话沟通累计超过一千分钟，最后，经过多次沟通解释，反复提交资料，为治病申请到水滴筹两万多元。

同时，綦江政府为切实减轻农村贫困患者就医负担，推进健康扶贫工作落到实处，确保全区建档立卡贫困患者就医得到保障，多部门联合制定了健康扶贫兜底保障的相关文件，建档立卡贫困患者每次住院合规费用（目录外费用占总费用比例不超出百分之十）自付比例控制在百分之十以内，慢病、重特大疾病患者单次门诊合规费用自付比例控制在百分之二十以内。

好消息接踵而至。

住院近半个月，韦聖雲组织活检的结果出来了，排除了淋巴肿瘤的诊断，多方排查，终于明确了病因，诊断为腹腔淋巴结核。

这条幼小的生命在强大的爱的浇灌下，终于得以迈入了 2019 年的春天。出院后的韦聖雲开始了一年半的抗结核治疗。

再次扬帆

2019 年 1 月，政府增加一点一万元，为他家拓宽建筑面积，修建了生产用房，专门用于养猪。

2019 年 6 月，住房和生产用房全面完工，韦中正一家迁入距离旧房子十多分钟路程的砖瓦房。新居修建在公路边。他添置了一些家具，新买了摩托车，方便接送儿子上学，也方便运送家禽、家畜等农产品到城里销售。

这一年，韦中正饲养黑猪和家禽，种植优质水稻，获得区镇两级产业补助五千元，销售获利年收入近三万元。

2020 年，在扶贫干部的引导下，韦中正不仅继续饲养黑猪和家禽，种植优质水稻，还开始发展蜜蜂养殖产业。多项产业一共获得区镇两级产业补助一万八千九百五十元，加上销售收入共四万多元。

2020 年 6 月，韦聖雲一年半的抗结核治疗疗程期满，停药三个月后韦中正带着儿子到重庆市儿童医院复查，胃镜检查发现慢性浅表性胃炎，其余各项指标正常。如今韦聖雲早晚服用一粒治胃炎的药，顺利升入一年级。

在文龙医院每月入户的健康检查和上门诊治中，韦中正的妻子病情稳定。

他们渐长成人的女儿即将职高毕业，进入实习阶段。

不是尾声

从万兴小学驱车十分钟到达韦中正家时，他正在房前的土地上忙活。

新修的四间砖瓦房在公路边横向铺开。韦聖雲再也不用担心下雨天屋内滴水了，再也不用担心滴答滴答的雨声把他从梦中吵醒了，再也不用担心冬天砭人肌骨的寒风了。

韦中正的妻子正喘着气提着半桶猪食去喂猪。贴着生产用房的猪室内四头猪欢快地吃着猪槽里新添加的食物。坝子下的土坎边上摆着几十箱蜜蜂。蜜蜂正嗡嗡地唱着春天的歌儿。

如今的韦中正家在低保、兜底保障、产业扶贫、健康扶贫、精准扶贫等多种举措下，在一批又一批扶贫干部的帮扶下，不再满足于习近平总书记提出的"两不愁""三保障"。他相信，在党和政府的关怀下，在奔向小康的路上，他踮着脚，王琴喘着气，乐观而坚强的儿子笑着，跑着，渐长成人的女儿用知识引领着，他们一个也不会掉队。

　　走出韦中正的家，天正蓝，云正轻，油菜花在一块块田野中怒放，像天公有意撒下的锦绣。

　　春天确实来了，春光沐浴着千家万户。

小叶的国庆节

国庆节将至，我问公卫科医生小叶有何打算。

小叶说："算了吧，越是节假日，越不敢有非分之想。到时抽空回趟老家，和父母吃一顿饭也就满足了。"

小叶个子不高，五官清秀，兼具江南女子的玲珑恬淡和重庆妹子的热情直爽，说话快言快语，做事麻利而不失认真。

今年是小叶在医院公共卫生科工作的第八个年头。已经算是老公卫了，深谙公共卫生工作的烦琐和不确定性。

不过就是这样的一名老公卫，在7月份还是犯了一个"低级错误"。

2021年年初新冠肺炎疫情来势汹汹，她全情投入工作：疫点消杀，入户流行病学调查，高速路口、高铁站疫情防控值守等等，哪里都能看到她的身影。她自称是一块砖，哪里需要就往哪里搬。在一线防疫的紧张工作之余，还不忘和同事调侃："怕是心中怕，行动不落下！"这让我想起诗人王单单的几句分行诗：

这世上

哪有什么逆行的人

不过是

摆在我们面前的路

绕不过去

　　经过几个月全国人民的共同努力，疫情得到了很好的控制。但全球疫情形势并不乐观，疫情防控工作一刻都不能放松，每天忙忙碌碌地过着，没有节假日的概念，也没有休假的念头，不抱外出和休假的希望，倒也无所谓失望。

　　开始接种新冠疫苗后，日子还是一如既往地在繁忙中度过。好不容易到了7月，心里盘算着连续上几周，7月底时，辖区十八岁以上人群接种得差不多了，申请休几天公休。这个计划已经提交领导申请了，只要形势允许，一切都不成问题。而那时看来显然是可行的。

　　加班加点工作之余，小叶在网上搜了一下值得一游的海边城市，理智地避开了中高风险地区，兴致勃勃地订下往返机票，加入当地的旅游团。万事俱备，只欠东风。

　　一年多没有外出了，现在盼望着盼望着，终于可以到一个遥远的没人认识的城市，彻底玩几天。生活不只是眼前的忙碌，还有诗和远方。一想到即将同阳光、沙滩、海浪相拥，可以穿上漂亮的泳衣和浪花嬉戏，可以把整个身体埋入柔软的沙子里，还可以乘上一艘快艇，享受海上飞翔般的速度带来的快感和对滔天海浪的征服感，心中的高兴劲儿就甭提了，所有那些连续加班带来的辛酸苦涩与疲累也都烟消云散。

　　很快到了即将外出的时间。然而天不遂人愿，事常逆己心。在接连出现某城市发现本土新冠病例的报道后，公休假被宣布暂时取消。她不得不灭了外出的念头，无可奈何地办理网上退费手续。偏偏最贵的机票钱还不能退，损失了几千元，连续半个月的兴奋化为乌有，满腔的期盼也跟着落空。

清末曾有医生自题一联："但愿世间人无病，何妨架上药生尘。"的确，医乃仁术，济人为本。无恒德者，不可作医。

疫情改变了人们的生活方式，改变着无数人的工作方式，老公卫小叶的心态调整得很快，只是强烈地期盼着普天安泰。

"国庆，举国欢庆，节假日如果我们医务人员不在岗，谁来守护人民的生命安全和身体健康？既然选择了公卫医生的职业，我肯定要扛起责任和使命，奋战'医'线。节日坚守是我们独有的欢庆方式。"小叶平静地说。

天际的那一抹白

    暮色渐起，天际一抹白在无边的青色中格外惹眼。白得不够纯粹，但毕竟是黑暗中的一抹亮色，是暮色四起时挺到最后的一点光明。

    我驻足，走出小区的后门，那一抹不肯消隐的白便毫无遮拦地进入我的眼帘。白中氲着淡淡的橙，加上四周无边青色的晕染，白色中又似乎带着一丝青。这一抹泛着青夹着橙的白在高高的天际，对应着低处的人间稀疏的几间房屋，一两盏橘色的灯，心中颇有温暖的感觉。

    许久不曾有闲暇见暮色初升，今日散步时见此景，无端地带给我一丝感动，拍照留之。

    往常的这个时候，我们仍然在日光灯下给全区人民接种新冠疫苗。

    每天早晨6点起床，洗漱、吃完早餐，迅速赶到门诊接种点。等候接种新冠疫苗的人群早已排起了长队。各个岗位的医务人员迅速做完准备工作，便开始新一天的接种。

    为了减少受种人群的等候时间，中午和晚上提前联系了餐馆做成快

161

餐送到办公室，到饭点排队等候接种的人群不多时，工作人员分批轮流离开预检登记台和接种台，来不及脱下工作服，只是迅疾地走到洗手台洗手；来不及细细地咀嚼品尝饭菜的味道，只是三下五除二扒拉下几口，聊以解饥，又匆匆地回到自己的岗位。这样的工作每天持续到晚上8点、9点、10点不等，根据当日排队接种的人群量而定。待所有排队候种的人群接种完毕，最后才能清点疫苗、收拾其他物资，出库。回家，已是满城灯火。从3月接种到6月，这样朝夕不暇地端坐在日光灯下，电脑屏幕前，哪儿还有闲暇看太阳冉冉升起，看暮色缓缓降临？

"连雨不知春去，一晴方觉夏深。"这样连日接种，没有双休，更遑论节假日。不知不觉间，春天早已远去，夏季已开始。

而在7月2日，我终于有余暇在晚饭后散步，邂逅这一抹霞色，静静地看暮色初升，任由天际的那一抹并不纯粹的白和人间疏疏的两盏灯光打动我。自7月再次开始了新一轮新冠疫苗的第一剂次接种工作，下发的七千剂疫苗在政府的有力组织下，我们的三个接种点用了一天半的时间全部清零完成任务。和我一样连续作战的医务人员终于可以休息半天，回家美美地补充一下欠了许久的睡眠，同我一样看看这霞色满天的美好。

那一抹白让我想起了工作伙伴送给我的一杯奶茶。

也是在连续工作十三个小时后，同样疲倦的她点了外卖——书亦烧仙草。当她递过来的瞬间，我除了回馈给她一个拥抱，足够的感动和奶茶中足够的料一样，无以言说。

而我之所以由这一抹白想到那一杯奶茶，是因为那杯疲倦时递过来的奶茶，像天际不肯消隐的白，像一切疲倦中的坚持，像弱小中顽强的力量。而送奶茶的她姓名中刚好有一个白字，浓稠的奶茶有着淡淡的黄，那是芒果的香甜，那是人间一两盏橘色灯光带来的温暖。

我爱天际的那一抹白。我爱那一杯疲倦时递过来的奶茶。

打造一个属于自己的花园

　　三月，依旧春寒料峭。黑漆漆的夜里，在往区疾控中心领新冠疫苗回来的路上，她拍一张照片发在单位的科室群，配上文字："喊了一个棒棒（指重庆挑夫）一起领苗。"

　　棒棒背着冷链箱，正对镜头，穿着深色夹克衫和灰白牛仔裤、白色运动鞋，戴着口罩也遮掩不住他的阳光帅气，大眼睛在黑夜中闪着光。这是她家随叫随到免费的棒棒——她的丈夫。

　　倒春寒的黑夜，医院的救护车外出了，时间急，她只好叫上丈夫和她一起到疾控中心领分配到的几百只新冠疫苗。

　　由于疫苗到达时间极不固定，区疾控到市疾控领苗回来时可能是白天，也可能是晚上。根据上级要求，疫苗一到达便需要立即出库下发到各个基层医疗机构，以便基层医疗机构及时入库后第一时间给辖区居民接种，保证最大多数居民尽早接种疫苗，从而尽早在一个地区建立有效的免疫屏障。

疫苗领回医院后，她熟练地打开电脑，登录系统。一只一只地从冷链箱中取出，迅速转动外包装盒子，找到条码，扫码枪对准条码，随着一束金色的光闪动，"滴"的一声后"验明正身"，完成入库。所有疫苗扫码完毕，再一只一只地放入冰箱，按要求的间隔距离规范放置，查看温度，关上冰箱门。下楼完善各种入库登记表，温度记录表。忙完这一切，已经很晚了。

这个常年扎着高高马尾的名叫"燕儿"的姑娘颜值很高，浓密而上翘的睫毛下扑闪着大眼睛，小巧而挺拔的鼻尖显得调皮可爱，樱桃一样红艳饱满的嘴唇，再加上指甲上涂着艳丽的立体玫瑰花，细微处彰显着她的时尚，见过的人没准儿第一眼会把她当作装饰用的花瓶。当她一双灵巧的手麻利地敲打键盘，麻利地执笔登记，麻利地搬放疫苗，谁能看出她是两个孩子的年轻妈妈？谁知道她并不需要这份繁重而危险的工作维持生计？

然而，无数个这样的夜晚，她不得不把两个年幼的孩子留给外公外婆照看。丈夫无怨无悔地陪着她，帮着干一点体力活儿，更多的是带给她一种心理上的慰藉，她可以安心地做着接种前的所有准备工作。

新冠疫苗接种工作任务繁重、琐碎，接种预检登记时需要对每个受种者询问身体状况，询问联系电话、家庭住址等基本信息，并将询问情况录入系统，告知接种后的注意事项，打印接种告知书并让受种者签字。面对排着长队接种的辖区居民，连上厕所的时间都没有。她说，工作结束后最难受的不是双腿麻木，虽然站起来走路整个人晃晃悠悠，但是嗓子更难受，每个受种者平均需要问五句话，一天下来就是一千多句，许许多多的音符在喉咙间焚烧，像一堆湿透的柴，怎么也燃不敞亮，冒着白烟，一缕一缕地从喉咙窜出，需要喝很多水，一言不发地休息许久，才能把喉咙间的火浇灭，才不再有冒烟的感觉。

她在说这些话的时候很平静，仿佛那些难受的感觉从未发生，不过是口述他人的故事，而我的喉咙已经开始烧灼，干咽了一口唾沫，却没有口水可以浇灭火星。

我说："你工作的时候可以慢一点儿，这样你可以少说多少话。我看你预检了五个，有的才预检两个。"她说："我没想过，那么多人排着长队，大家都想早点接种早点产生抗体，这是我的工作，总是要做完才行。而且大家都戴着口罩，采取了防护措施，比起去年的新冠病毒，至少没有生命危险，已经好多了。"

我想起 2020 年新冠病毒肆虐的时候，那张她拍了发在科室群中的照片。她和许多基层防控人员一起，整天穿着不透气的防护服，戴着双层外科乳胶手套入户调查、体温监测、流调、消杀，一天下来皮肤弹性极好、白皙润泽的手变得惨不忍睹，皱缩粗糙如树皮，苍老如耄耋老人。后来我把她的照片投给日报，她的手成了"网红手"，记录着那段特殊日子的一线抗疫人员的"手"的照片入选"全民抗疫党旗红·庆'七一'抗疫主题展"，至今在展出。

其实，她出生在一个富有的家庭，算得上富二代。她本来可以在乡镇医院做一名防疫人员，只专注地相夫教子，仰仗富二代的条件便可以过完富足的一生；或者凭着清秀甜美的长相，单单靠着颜值也可以过着常人歆羡的日子。然而她偏偏选择招聘进入医院，从一个临床护士到防疫人员，一干就是十五年。从预防接种到传染病排查，到突发公共卫生事件处置，从 2020 年的新冠入户调查、体温监测、流调、消杀，再到 2021 年的新冠疫苗全民接种，在医院繁重而危险的工作下，在别人相继选择辞职或跳槽的时候，她依然安静而麻利地做着自己分内的工作。

这个三十岁刚出头的漂亮而富有的女孩，我想不通为什么她明明有舒适的日子不过，偏偏要选择一份辛苦而薪水不高的工作，在危难和困苦的时候也不舍弃，在执着中用自己年轻而稚嫩的手臂帮助他人披上铠甲，同新冠病毒战斗。是什么力量让娇小的她不惧危险走入抗疫战场，并在战斗中焕发出可歌可泣的光彩？她不是党员，严格意义上她也不是干部，她只是一个小组长，这几乎算不上官职。

燕儿粲然一笑说："我喜欢我的职业。可能别人不信，但我喜欢有一份自己的工作，这份工作我做了十五年，已经做出感情了。我相信工作中的女人最美，我是一个爱美的人，我不想在家庭的琐碎中当一个全职太太。"我说："家庭主妇也是一份职业啊！"她说："那不一样，那份职业没有社会价值的认同感。现在的职业正是因为危险、繁重，才得以收获更多的尊重，像一座花园，可以从中生长出数不清的快乐和干劲儿。"

我只知道职业可以养家，可以糊口，没想到这个美丽的女孩给我上了一课，让我知道职业可以使人崇高，使人焕发灼目的光芒，这光芒是最好的驻颜术，也是最好的化妆品。

爱上自己的职业吧，打造一个属于自己的花园，彼时，四季花开，可以"含笑问檀郎，花强妾貌强"。

花坝，一场唯美的约会

有人把它称作"天上牧场""人间天堂"；有人把它比作"塞外风光"；有人把它称为"綦江的香格里拉"。它藏在深山中，群峰环抱，泉水喷涌，繁花似锦。你来，或者不来，它一直都在，千百年来它一直在那儿等着你，等着你共赴一场唯美而浪漫的约会。它就是位于綦江区石壕镇万隆村的花坝！

话说故事的开始，早在盛唐时期。诗仙李白因罪被流放至夜郎。数年后奉诏回京途中，经过此地，沉迷于这里独特的自然风光和地貌气候，遂驻足暂居，并教当地村民识字、酿酒等，后人为了纪念李白，故将此地命名为李公坝。

李公坝四周是笔直高耸、陡峭如削的奇石悬崖，欲访太白居，非翻山越岭不可。那一座座重峦叠嶂，杂木丛生，百草丰茂，你除了望"峰"兴叹，剩下的也只是望而止步了。

20 世纪 80 年代，居住在这里的村民们在坚硬的山壁间，凿开一个进入李公坝的隧洞。隧洞将李公坝与外面的世界联结了起来。经隧洞而入，豁然开朗，疑是桃源。只见杨柳依依，水影婆娑，碧波荡漾。有幽谷鸟语，高山流水，云雾环绕；有农家小院，鸡犬相闻，炊烟袅袅；有田园纵横，阡陌相通，小桥流水，百花争艳。

如果说以前的花坝是藏在深闺人未识，那么通过村民们自凿的山洞和羊肠小道，花坝渐渐揭开了它神秘的面纱。但是，无论是怎样漂亮的隐逸仙境，对生活在凡尘中的人们来说，衣食住行才是基本的需求。居住在花坝的人们终因经济落后、交通闭塞逐渐迁出，最后只有几户人家留了下来。

如果你来到这里，站在空空的太白广场，面对寥寥几户人家，难免发出一声叹息："美则美矣，花辰月夕谁与共？"

而今故事的高潮，历史的车轮驶入 21 世纪。2013 年 12 月，习近平同志在中央城镇化工作会议上强调，在促进城乡一体化发展中"要注意保留村庄原始风貌，慎砍树、不填湖、少拆房，尽可能在原有村庄形态上改善居民生活条件。要依托现有山水脉络等独特风光，让城市融入大自然，让居民望得见山、看得见水、记得住乡愁；要融入现代元素，更要保护和弘扬传统优秀文化"。2014 年重庆渝商旅业集团与綦江区政府签订了投资二十亿元开发花坝 4A 级风景区的协议。

花坝遂以野为行，以隐为魂，以花为媒，彰显了它天然的色彩与野隐主题和以欧式小镇风情为特色的度假主线、以李白传统文化为脉络的文化主线，构建了中国野隐式生活度假目的地，营造了"花月云天，仙隐花坝"的主题意向，最终实现了"黄山归来不看岳，花坝归来不看花"的反响。

今天的花坝，在有超多选择的露营基地，你可以享受到完善的生活配套设施，你可以品尝世外桃源的糯玉米、厥粑、高山羊肉，你可以乘热气球开启云端之旅，你可以去邀月台追逐萤火虫，你可以放飞许愿灯，你可以看牛郎织女相聚的漫天星空。

今天的花坝，用绿色理念引领绿色发展，羊肠小路变成宽阔的车道，田园风光尽现旖旎，这儿的水更绿，这儿的山更青，这儿的天更蓝。在游客上山、山货下山的流动中，绿水青山就这样变成了金山银山。花坝所在的石壕镇万隆村已实现华丽转身，摘掉了贫困村的帽子，踏上全面建成小康社会的坦途。

进入新时代的花坝，在党的二十大精神的指引下，继续全面推进生态文明建设和绿色发展。在鲜花赋予的色彩中，在鸟儿赋予的音律中，在碧潭赋予的灵气中，在森林赋予的苍翠中，在千百年来深厚的文化底蕴中会越来越好。这一场浪漫唯美的约会，你来了吗？

白衣执甲，得静好时光

　　"十月江南天气好，可怜冬景似春华。"疫情的原因，两年未远游，居住的小城，不是江南胜似江南，"霜轻未杀萋萋草，日暖初干漠漠沙"。凛冽的霜风只在立冬节气吹了一日便偃旗息鼓，仿佛一个尽职的使者，报完冬的讯息即退场。于是慈眉的阳光透过如雪的云，送来微微的暖。

　　这样的日子，总有人缓缓地走在日光里，像移动的一棵树，像摇曳的一株草，像行走的一只鸟儿，风来饮风露来饮露，阳光来了便披着一身的光明，仿佛一个发光体，温暖照耀着他人。这样行走在寻常时光里的人，便有着别样的美。而那些每日在岗位上坚守着的白衣使者，着统一的防护服，也是行走在寻常时光里的人。一袭素白的衣，一样深蓝的帽子口罩，一样透明的护目镜和面屏，分不出谁是谁。然而不需要分清他们是谁，只需要走近，把嘴巴或者鼻孔放心地交给他们，一根棉签上的标本便足以"还我们清白之身"，或"查出元凶"，"捉拿归案"。他们无暇享受日光，他们日复一日地端坐在电脑屏幕前，跟无数陌生人说着相似的话，做着相似的动作，只为了让无数陌生人的脆弱机体生出铠甲，让许许多多的人可以走出户外，自由呼吸，享受到暖暖而不灼人的阳光。着一身白衣的他们啊，唯一的铠甲就是爱，对自己职业的爱，对陌生人如同亲人的爱。这爱让他们虽然不曾走出户外，不曾沐浴阳光，已然一身光明，自成发光体，微小的、暖暖的、不灼人的发光体，吸引着每一个人靠近。

因为那些白衣人的守护，这样的日子，才有人静静地坐在木椅上，花圃台，或者是自带的一根可折叠的小凳子，披一身静谧的阳光，眼中有周遭的花木，有来往的行人，有涌动的流云。静坐流年，成一景、一诗、一画。

因为那些着白衣的人，这样的日子，才有人安然地伏案执卷，或读书，或笔耕，阳光穿过窗户落在每一个字上，那些字仿佛生出毛茸茸的翅膀，载着伏案的人飞过高山，飞过水流，飞过季节，飞过岁月，最后可能停在江南，停在春天，或者停在过去的某一个朝代，停在未来。

孙犁先生在《书衣文录》里写过这样的句子："冬日透窗，光明在案。裁纸装书，甚适。"

而我说，白衣执甲，守护健康，才得静坐流年，身披阳光，才得冬日透窗，光明在案，才得静好的时光，甚适。

第五辑　亲情永伴，岁月嫣然

曾经的贺卡

在一张精美的卡片上写上新年的祝福，让风捎去问候和牵挂，让信鸽衔来迢迢的深情，邮局那绿色带锁的小箱子，承载着我们多少甜蜜的期盼。

而我已经很多年不曾寄出卡片和手写的只言片语，也很多年不曾收到这样温馨而有诗意的祝贺和问候。待突然想起，蓦然回首，往事不可追。

好在那往事如同一道皎洁的月光，每念起，便穿过蒙尘的岁月，簌簌地开成素白的花，清风送来细细的香，也送来微微的暖。

那一年我中考失利，在老家的中学复读。那是一段暗淡的日子，对日夜操劳的父母，心怀愧疚；复读生的记号，让我在老师和学弟学妹面前变得寡言。

曾经同班的他已经考上梦想的学校，在医学校里编织着青春的梦。他成了老师和我以及学弟学妹眼中的发光体。

正值元旦，他寄来一叠卡片，签收人是我，他把他的感恩和祝福通

174

过我的手送给那些教过他的老师和复读的同学。当然，其中就有我的卡片，也有他对我的祝福。

在90年代初，在那个偏僻的小山村，那一叠贺卡像一块不大不小的石头高高地抛进平静的湖，溅起一片水花。学弟学妹们哗然，悄声议论他肯定偷偷喜欢我。

我享受着他们的议论，在暗淡的日子里，这份由发光体带来的光和同学们眼中别样的羡慕照耀着我。几个月后的7月，我从容地步入考场，八月下旬收到录取通知书。

家庭的极度贫困使父母再也无力支付我的学费，我继续求学的经济来源只好依靠参加工作不久的三个哥哥。

走上工作岗位的那一个元旦，我给哥哥们各自寄了一张贺卡。大哥长我十多岁，长兄如父。正是最先走上工作岗位的他一直鼓励和严格地要求着我们，我和二哥、三哥才得以相继走出那一道又一道的山梁，最终在一个小县城安身立命。

寄贺卡时，大哥已步入中年。除了工作，好学的大哥还经营着一个出售和维修电脑的小店。一向认真的他二者兼顾，努力把工作和家庭经营到最好。看着整天忙碌的他，我是心疼的。犹记得当时贺卡上我斟酌着字句写下的是"行到水穷处，坐看云起时"，并画了一朵轻柔而洁白的云。

诗句是什么意思，当时的我其实并不全懂得。只是想着大哥应该有一份看云的闲思，像云一样舒卷自如，不要做一直卷着的云，好像稍不留意就卷出雨水的样子；不要像一根弦一样整天绷着。寄给二哥三哥贺卡上的文字和图案，却一点儿也不记得了。

而我现在敲下这些文字，想起那张贺卡时，大哥已经离开我们六年了。我永远没有机会和他一起看云了。

唯一的安慰也就是曾经寄出了一朵云。

那云也带给他至少片刻的欢喜和温暖吧？

于我，复读日子里收到的贺卡，寄给三个哥哥的贺卡，彼时的心情，无论是阅读还是书写，抑或是凝神细思那一笔一画的美好，都像是从遥远《诗经》中跑出来的字符，它们各自开成了花儿。每每想起，那岁月深处的花儿依然有微微的香袭上我的衣襟，有微微的暖包裹着我。

重阳不老

九九重阳节，九九，亦久久，取长久之意，故重阳节又称"老人节"。

"老吾老以及人之老"，尊老爱老一直是我们中华民族的传统美德。父母均七十七岁，早过古稀之年，婆婆八十岁，已步入耄耋之年。然而，在我眼里，他们并非只剩衰朽之躯。他们永远是我的依赖。我依然可以偶尔任性，耍耍小脾气，他们永远以无私的爱包容着我。

外出旅游，身上的背包不愿意背了，很自然地递给老爸；想要拍照了，手上的矿泉水直接递给老妈。一个人不愿去而又想去某地，叫上老爸老妈相伴。想吃一个烤玉米，刚说到好久没吃了，婆婆便会从青葱的后园中掰两个来烤熟了，金灿灿香喷喷的，递给我，然后满意地看着我这个饕餮者把它们席卷一空。

或许正是父母在，人到中年依旧尚未褪去孩儿心态，觉得年老和死亡是无限遥远的事。偶尔想到他们的年龄，也只觉得是时间在他们身上留下的一个数字罢了。

婆婆听说尧龙山上有一寺，便说想去看看。恰近重阳，金风飒飒，登高望远，也是重阳风俗之一。遂趁周末，驱车至前山脚。

　　三个老年人，只有婆婆是第一次登尧龙山。号称九千九百九十九级的朝圣天梯，压根儿没觉得他们三个不能征服，我老妈一直在开荒种地，精神矍铄的婆婆在老家也能挑小半桶粪水浇地呢。

　　先穿过时光之门，攀象鼻，入不二法门，到一碗水时，有点渴，正好盛一碗山泉润喉润肺。登入南天门，看金光万道滚红霞，瑞气千条喷紫雾。门外天清气爽，通透晴明，门内云雾缭绕，胜似仙境。山下良田万顷，炊烟袅袅；山上重雾浓烟，一峰过尽一峰迎，不知山顶在何处。婆婆感慨一级一级的石阶陡峭，说："幸好两旁有栏杆，林深雾浓看不清，否则可能要吓退很多胆小的人。"

　　一路闲聊，一路前行，婆婆问及还有多久到达山顶，我也只能用二分之一、三分之一等大概的估计回答。走过天生桥，上一段"之"字形石阶，仍是浓雾重遮，不知峰顶在何处。稍事休息，似有梵音天上来。侧耳倾听，正是佛经潺潺，禅钟汩汩。我终于可以肯定地回答："山寺就在前方不远处。"

　　瑞峰寺是修建在尧龙山上最大古洞中的千年古庙，庙内的佛像雕刻精细，栩栩如生。入寺，先按婆婆的意思烧香礼佛。在每一尊佛前虔诚跪拜后，依岩洞而建的佛殿让婆婆大为感叹。海拔一千七百九十五米的高山之巅，千余年前建起这样一座寺庙的确令人惊叹。经过几番修整，现在已是主殿、配殿、斋堂、厕所一应俱全。

　　已是中午，我们进入斋堂吃斋饭（也名长寿饭）。瑞峰寺周围竹林环绕，雨后初霁，生出尖尖的新笋无数。经历过三年自然灾难的他们深信"天予不取，反受其咎"，遂深入密林深处摘得青青绿绿一大袋，真是满载而归。

　　这样登顶后原路返回，不算吃饭摘笋时间，是近四小时。年轻人经常选择那条开车直通山顶的后山的路，但前山沿途的风景也就无法一一领略了。我深信他们筋骨犹健，特意选择挑战万级石阶，年龄最大的婆婆说慢慢走，结果她比我还先到达山顶。

父母在，我便是孩子。在孩子眼中，父母怎会老呢？即便某一天他们衰弱到行动不便了，精神上他们依然是我的依赖。

父母在，人生尚有来处，父母去，人生只剩归途。年年重阳，有他们相伴，我便心安理得地享受着做孩子的乐趣。

他们在，我深信重阳不老。

一路食事

久未出游，借一闲事之机订票前往贵阳，备一闲书，待高铁启动，逐页下看，两个小时过得飞快。

所备之书是近日看了一半的汪曾祺的《食事》。下车近中午，寻人不遇，约人未果，遂在与花果园相邻的两条街上慢腾腾地觅食。一家家走过，多是粉 / 面馆；贵州水城米粉 / 面，湖北米粉 / 面，羊肉粉 / 面，牛肉粉 / 面，当然，也有山东大饼，各色包子、粥等。

山东大饼厚薄不一，色彩各异，烙了很多张，分类在玻璃柜中垒起，以斤两论卖，逗人食欲。玻璃外放着牙签，老板称后用薄而快的明亮刀子斩成小块，置于纸袋中，边走边以牙签挑了入口。

继续向前，街道尽头，看到一家小炒兼卖盖饭的小馆子。手中的大饼刚好吃完。老板很热情地招呼，一口气报出店中的饭菜名，还特意介绍了他们有带火炉的饭桌。我以为是桌炉一体的烤火炉，撩开罩着的垂地双层桌布，哈，原来是普通的小方桌下放着一个寻常见的鸟笼状小火炉。双腿伸到比较厚实的桌布内，一个小小的密闭的空间里，火光不外泄，挡住了外面的冷空气，确实暖和。点了一碗排骨盖饭、一碗辣鸡盖饭。

同重庆这边的盖饭不同，不是将炒菜浇淋在饭上，盖着米饭而取名为盖饭。老板娘给我们盛了一小盆米饭，同时拿了两个空碗和一个打了辣椒葱盐等佐料的小碟子。不多一会儿，一盘辣鸡和一盆萝卜排骨相继上桌。细细的辣鸡中有切得很细的白菜，香辣入味，下饭。滚烫的萝卜排骨蘸了作料吃，暖胃，爽口。量不算太多，足够下两三碗米饭，足够吃，一点儿也不浪费，吃得心满意足。

因另约的时间未到，吃完饭便不急着离开。冬天，围炉而读刚好。老板娘笑眯眯地收碗筷，擦桌子，为温暖的炉子讨了我欢心而高兴。坐了些时间，又有客人到，便起身收拾好离开，总不能妨碍了人家做生意。老板娘一点儿也不介意，热情地挽留，"还坐会儿嘛，还坐会儿，没关系的，还有桌子"。一顿饭吃过俨然成了老友！

原路返回，路过山东大饼，刚才只尝了一种味儿。我问："还能吃不？""一块饼怎么不能吃？"遂又称三两另一个样子的，依旧斩成小块装入纸袋，取了牙签。吃完一块抓过纸袋挑起另一块塞入口中，挺有嚼头，挺香。不因腹中已饱而减其味儿。

事情办完，买了一点儿水果、一点儿瓜子坐车往家走。订的是末班车票，为所约留了充足的时间。到了候车厅，寻一位置坐下，一手执汪老的书，一手吃瓜子水果。果皮瓜子壳于身旁积了一小堆儿，双手捧起果皮瓜屑到垃圾箱中。待又堆起小山状，又捧到垃圾箱中。车上如是。

看到站台，很欢喜，完全没有古人灞桥折柳的离别意。哪儿有什么离别意呢？出门，是远方，是梦；回来，是家。

"熊孩子"的礼物

通常都是"熊孩子"向我索取礼物，而且是早早就开始了。

"妈妈，还有十天就是我生日了，你送给我一款飞机！"

我没好气地暗想，最好送一枚大炮，把那些乱七八糟的念头直接轰到九霄云外去。没有礼物难道就不能长一岁？

当然，为母已久，拜无数次母子战争的"悲惨"结局所赐，忍耐的段位渐高，目前已修炼到能仅止于暗想了。

记得初为人母，每听到儿子挑战式的宣言："春节快到了，今年的压岁钱我要买枪、买子弹、买托马斯、买零食，反正我要彻底花光。"我的怒气便会无由地升起，膨胀，像沸腾的水顶开锅盖："买买买，整天不是买这样就是买那样，就没想过多学习几分钟？干脆把整个超市搬回家！败家子！"

最后弄得两看生厌，儿子想买的一样没落下。

曾国藩说他每日三省其身，我尝试着一省吾身：既花了钱还没有讨着好，儿子拿着他的玩具神气得好像从敌人那儿俘获的战利品，似乎还在向我示威！

多次交锋多次反省后，我也就学乖了。买吧，买吧，生个孩子就是向父母讨债来的，否则怎么称现在的孩子为讨债鬼？孩子出生便意味着无尽的支出，否则为什么又把他们叫作吞金兽？只要经济能力许可，只要是合理消费，由着他吧，就当给一个甜枣，再借着甜味让他感受到父母的爱，某一日也能反哺吧。

不承想儿子的反哺来得还挺快。

那天是我生日。孩子的爸爸不仅有着靖哥哥的愚钝和傻，偏偏还缺乏靖哥哥对蓉儿那种无微不至的关爱。虽然我也缺乏蓉儿的美貌和古灵精怪，但就算寻常如我，也需要在特别的日子感受一下特别的爱。不是非要有什么仪式感，但在特殊的日子中，没有仪式感就意味着爱的缺席，爱一缺席就意味着情绪的产生。

谁说"熊孩子"只会索取礼物？"熊孩子"还会察言观色。

儿子看出我沉默中的情绪。午饭后，他用手机给我发了一个几元钱的红包，领取后看到讨欢心的效果不是很明显。晚上我继续沉默着在小区散步。儿子跑来向我报告，说要出去一会儿，然后像兔子一样很快便没了踪影。

待我散步结束后回家，儿子听到我的脚步声，迫不及待地给我开门，神秘兮兮地说送给我一份生日礼物。不等我询问，便变魔术一样把一盆多肉呈到我眼前。漱口杯大小的塑料盆养着的多肉，肉质厚实，叶片颜色和形状均如宝石，莲座状的叶盘又像盛开的莲花。

绿宝石静静地在小盆中绽放，像蓬勃的爱，我的眼眶不禁湿润了。我以为缺席的爱，原来一直陪伴着我。我心中的莲花刹那间也如多肉盛开，"熊孩子"也有温润如歌时！

至今，那盆多肉仍在家中的窗台上顽强地生长着，即便我很长时间忘记浇水。像儿子包容着我的坏脾气，无条件地信任我，爱我。

被温暖灼伤

温暖，在冬日，是一个特别讨喜的词。谁不爱在下雪的日子围坐红炉？谁不喜欢一轮暖阳驱走凛冽的寒风？红泥小火炉，还引得诗人情动于中而形于言，将满腔诗情挥毫泼墨，成千古绝唱。

但浸淫于温暖久矣，也害莫大焉。

侄女打来电话，说烤电炉时被烫伤。

看到过长期烤火皮肤布满树丫一样的烤火斑，听说过糖尿病人因神经病变，导致足部皮肤感觉异常被烫伤，却第一次听到一个各方面都正常的妙龄佳人居然烤火烤出了水泡。

浸淫于温暖，莫非也如入鲍鱼之肆，久而不闻其臭？像温水中的青蛙，失去警觉的习惯性和适应性终于招灾引祸？

在寒冷的冬日，习惯于温暖中度日的侄女担心机体受寒受冷，须臾不离火炉片刻。虽曰爱之，其实害之，在拥炉而坐中她对温暖的感觉变得越来越迟钝，以致烫出了水泡。

这也就罢了。参加工作两三年、二十好几的侄女居然用针刺破水泡，然后又撕掉表皮，把受伤的肌肤赤裸裸地暴露在外，不加防护。任污水冲洗，任寒风吹拂，任细菌入侵，最终受伤之处出现红肿热痛，走路一瘸一拐。

过度的温暖和过度的爱一样，久之，对健康的戕害是显而易见的。

杨绛的父亲说，培养孩子独立，胜过考第一。现在许多家长却反其道而行之，只要孩子考第一，无须生活独立。父母越位对孩子生活中的一切大包大揽，将孩子浸泡在蜜罐中，孩子逐渐失去了品尝甘甜的能力，逐渐丧失了对幸福的感知能力。在父母的百般宠爱中，他们把得到的一切视为理所当然，对没有得到的不会踮起脚跟稍作努力去争取，对未知的世界丧失了基本的好奇心，养成了思维和行动上的惰性。这样成长起来的孩子，缺乏对生活基本常识的认知，缺乏积极进取的精神，缺乏解决问题的能力，缺乏应对生活的经验，他们安于现状，只满足于饱暖和繁衍的动物性需求，最后毫无悬念地成为成人似巨婴。

他们看似拥有快乐的童年和少年，却无一例外地必然迎来空白的青年，以及痛苦的中年和晚年。

另一个二十几岁的男青年，家中独子，初中毕业后便由家里养着。整日玩游戏，追剧，百无聊赖地等着长大。数年后成人，托了熟人得到一份工作，靠打工挣着自己的生活费，似乎独立了。休息日，与同伴去一村子摘话梅。他勇敢地爬到树上，不去分析树杈对他一百三四十斤身体的承受力，不去想可能存在的危险，细脆的树杈一下子折断，他的身体重重地摔下，泥土中刚好有一石块，与脊椎进行了亲密接触。二十几岁，还没有来得及品尝恋爱滋味的他便瘫痪终日躺在床上，爱情于他更加遥不可及了，真实的生活于他也限于不足两米的卧榻之地。

盆景秀木正因为被溺爱，才破灭了成为栋梁之材的梦。

"性相近，习相远。"适度的爱和适度的温暖一样，是不可缺的营养剂，是不可少的铠甲。若过之，均如出鞘的利剑，浅则受伤，深则致命。

五月的玫瑰

五月假期调休为五天，因疫情缘故，不能远游，戴上口罩，带上亲情，准备就近开启一场旅行。

中峰，在"与蜂有约"的采风活动中被我誉为"风情小镇"的地方，一个以养蜂和种花闻名的地方，正好可以承载节日和初夏的期盼，让我和家人不负良辰、不负夏景、不负现世安好。其中玫瑰庄园闻名数年，却一直不曾晤面，这也成了我们驱车前往的理由。

五月前往，看到了满山的艳丽，满山的姹紫嫣红，留给我们满身的芳香，真是满心欢喜，落笔自然写下了"五月的玫瑰"。不承想若缩写为"五月玫瑰"，那就是希腊女诗人莎孚称为"花后"的最早的品种——洋蔷薇，也叫画师玫瑰，盛产于地中海和阿尔卑斯山之间的法国小镇格拉斯——世界香水之都，是法国的香水专用玫瑰。所以此处只能写五月的玫瑰——属于我们五口之家赏嗅过的、花型繁多、色彩缤纷，绽放在中峰的五月的玫瑰。

今年初夏的阳光已有盛夏的酷热。到达玫瑰庄园，看着车窗外耀眼刺目的阳光，儿子嘟囔着："玫瑰有什么好看的，我最不喜欢看玫瑰了。"几乎不愿意从温度适宜的空调车里步入烈日中。

哪有花儿绽放而不动心的人？哪有隔窗观花的道理？儿子当然还是随着我们购票入园。

原以为烈日下的花儿一定耷拉着脑袋，可能只有阴凉处零星的几朵抚慰我们驱车的劳顿，烘托节日的气氛。初见的刹那，只能用震惊来形容，那高高低低无处无不绽放的胜景，那"春藏锦绣风吹拆，天染琼瑶日照开"的画境，那烈日下朵朵抖擞精神拼命绽放的干劲儿真让人大吃一惊！

每一枝玫瑰应该都是有灵魂的。知道我们来，朵朵不惧烈日而开，枝枝绿叶繁茂，在阳光的映照下红的如火，欲燃；黄的似蝶，欲飞；粉的如面，吹弹欲破；白的像薄雪，清凉入心；绿的好似九寨沟的水流，透明中有丝丝绿意，绿色遥看近却无……几十万株玫瑰，漫山遍野，高低错落，形态各异，色彩纷繁，莫非是武皇报春知，"花须连夜发，莫待晓风吹"？我恨我的拙笔不能写下它们的美万千分之一，我恨我的镜头不能摄下它们千娇百媚之一面。

赏玫瑰，怎能错过它的香？"赠人玫瑰，手留余香。"在玫瑰园，我们是受赠者，置身于香的海洋。虽有古人说"入芝兰之室，久而不闻其香"，然而并非如此，在玫瑰园中徜徉，每每静心，低头，甜香入鼻，沁人心脾。"一种繁香伴行客，只应多谢刺玫花。"

在花香中边赏边嗅，儿子不再因为烈日刻意否认对玫瑰的爱，不时对着一朵花低头深嗅，有入心处，必停下一亲芳泽。早过古稀之年的爸妈也是走走停停，看看这儿，指指那儿，万花开遍，身染花香，学会用智能手机的老爸拿出手机不时拍照，发朋友圈。

烈日看花不觉倦，甜香已然入清喉。渴了，在小亭下的摇椅上歇歇，摇摇，喝一口农夫山泉，山风过处，淡淡的玫瑰香让人心旷神怡。摇椅上老妈和儿子并排摇着，我成功定格下他们不同的笑——老妈是舒展的笑，儿子是调皮的笑。爸爸平常不苟言笑，在与花儿留影时，我第一次捕捉到他的笑，像绽放的玫瑰，嘴巴微微张开，嘴角上扬，如弯弯的月牙儿，双眼眯成了一条缝。

　　与亲情相伴，看万紫千红，嗅悠然醉人的花香，听花的絮语，与花的灵魂相晤，发现它所有的色彩都只是一种颜色——那就是爱的颜色；所有的香味都只是一种味道——那就是爱的味道；所有的絮语归结为一个字——爱。

　　在这场五月的烂漫中，洒下的笑容正是五月的花开，五月的花开正是我们灿烂的笑。

留守在村庄的婆婆

家有一老，如有一宝。婆婆今年虚龄八十二岁，身体硬朗，独住村里，守着老家，是我们家当之无愧的宝。

可惜公公去世得早，干了一辈子革命工作，退休后告别单位，很快又因病告别亲人，告别人世。公公去世后，婆婆便独自守候着老家，守候着大儿子的几分田地，让大儿子和儿媳安心在城里打工，陪伴并管教城里读书的孙子孙女。待孙子孙女相继考上大学，大儿子和儿媳早已习惯城里的生活，索性靠着辛勤赚来而又省吃俭用的钱买了房，长久定居下来。

十多年来，婆婆便依然住在老家，一个人种几分菜地，喂一两头猪，养一群鸡鸭鹅，外加一只狗、一只猫。

我们常常周末回去。婆婆听到汽车的声音，便会走到院坝张望，手里常拿着锅铲，或是刀子，或是别的什么工具，一刻都不曾闲下来。

因婆婆的勤劳，每次回家总是有吃不完的新鲜蔬菜，还有我最喜的豆花。返城前婆婆总要到菜园里张罗一番，把刚摘的蔬菜给我们分类装上；有时会微微佝偻着背到里屋装上一袋晒干的黄豆，让我们磨豆浆喝；有时会拿一根竹竿，把一只鸡，或是鸭，或是鹅赶到一个角落，逮住，用一根稻草捆住双腿，让我们带回城里炖汤；有时会提着菜刀到灶后削下半块腊肉，或者干脆割断棕叶子搓扭成的悬挂的绳，合手抱给我们一整块十来斤重的腊肉，那长时间烟火熏出来的金灿灿的颜色，像婆婆一颗赤诚的心，她竭尽所能地疼着儿孙辈，似乎一辈子总也疼不够，但她偏偏忘了疼自己。

几年前，已是七十好几的婆婆不慎跌倒，我们打电话时她只说头痛，说跌倒时估计碰着小石子擦伤了头皮，没有大碍。我们不放心，回家劝她到大医院做一个检查，她连连说："没啥没啥，小问题，就是半边头有一点点痛，涂点药酒用点土方就好了。人的生死都是命，阎王叫你三更死，绝不会留到五更。"我们好说歹说才把她劝上车。到医院医生开了头部 CT 检查单，竟然是蛛网膜下腔出血！我们心里一阵后怕，不敢想象如果听信婆婆的话，只当作小问题不及时送到医院，那该是多么严重的后果！婆婆治疗二十多天才出院。住院期间婆婆还一直惦记着她的猪是否掉膘；鸡鸭鹅是不是到处乱跑，啄了菜园里的菜；小狗是不是摇着尾巴，在黄桷树下望着通向远方的路低叫，盼她回家；肚子一天天大起来的猫是不是快下崽了；菜园中的菜没有浇粪施肥长势一定不好……总之，躺在病床上的婆婆一刻也没有闲着，整天嚷着要出院回家。

出院后我们再次劝婆婆入城同住，瘦小而固执的婆婆坚决拒绝了。理由是农村空气好，自己种的蔬菜没有污染，吃着放心，自己喂的猪、放养的鸡鸭鹅不用饲料，肉好吃，更有营养。早过古稀之年的婆婆消化功能早已比不上年轻时，她不过是趁着自己身体尚可，不愿增加子女的负担，她不过是希望她疼爱的儿孙辈能一直吃上她亲自种的菜，吃上她喂养的猪肉，吃上她喂养的鸡鸭鹅。她何曾舍得宰杀一只独自吃上一顿，总说一个人吃不了多少。

　　已过耄耋之年的婆婆就这样依旧在村庄留守着，守护着我们的老家、我们的来处、我们的根，用自己辛勤的劳动守护着我们的胃和健康，守护着一大家人的美好生活。真心希望善良无私的婆婆在守护我们的同时，也记得疼爱自己，爱惜自己的身体，能够长命百岁。

父亲的教育经

　　父亲能有什么教育经呢？不过是一介农夫，一名退出历史舞台的石匠。在家中最小的我走上工作岗位后，我依然这样认为，四个子女考上学，凭借知识改变父辈农民的命运，不过是那时的农村太苦太穷了，所谓穷则思变而已。

　　养子方知父母恩，当我有了自己的孩子，在一日一日养育孩子的过程中，渐渐悟到身为农民并学得石匠手艺的父亲有他独特的教育经，正是那朴素的教育经让我们在学习上不敢懈怠，并终于过上了与父辈不一样的生活。

　　父亲小时候进过两年学堂，识得一些字，长大后学得石匠手艺，为养家到处奔波，也算见过一点世面。

　　眼界的开阔让父亲认识到知识的重要性，养育了四个子女的家虽然清贫到三餐难继，但父亲对我们说得最多的一句话却是"你们好好读书，只要能读得走（继续升学），我砸锅卖铁也要供你们（读书）"。

于是，父亲凭借石匠手艺背着它的工具——錾子手锤远离家门，辗转各地挣得一点力气钱，结束一个工地的活儿后，将省吃俭用存下的少许余钱带回家，给我们交学杂费，钱不够时就要找亲戚借了给我们凑足。

父亲这句有底气的话加上他的不懈努力、永不放弃，我们得以一路从村小读到镇上，再读到城市，终于过上了父亲希望我们过上的日子。

父亲正是以他的行动把责任心和坚持的理念注入我们的血脉。

如果说年轻时父亲的教育经主要是身教，那从土地上退休后的父亲便转为言传了。

步入老年后的父亲对我们说得最多的话是百善孝为先、子孝家兴、善有福报。

这三句话应该是父亲的人生总结。

父亲一共兄弟四个，家中排行老三，我们工作成家后六十岁的他便从土地上退休，入城居住。在父亲的三兄弟大伯、二伯、幺爷相继过世后，父亲便成了乡亲们和侄子侄女口中有福气的人——能够安享晚年。

的确，如今近耄耋之年的父亲吃嘛嘛香，倒床须臾即有鼾声，走路爬山如年轻人，无病痛之苦，一年中连小感冒也很少有。每天除了锻炼，便是在抖音上、网络文章中学习一些养生知识，并在日常生活中付诸行动，或者和他的几个老年朋友一起玩纸牌，或者外出游玩，过舒适的晚年生活，确实算得上有福气的人。

父亲的福气或许真的是福报。

爷爷奶奶在世时，大伯在贵阳市区居住，那时还未通铁路，贵阳距离老家如同天边一样遥不可及，大伯只能每月寄回一点生活费以尽孝道。失去自理能力的爷爷奶奶由二伯、父亲和幺爷轮流照顾。近十年的照顾生涯中，唯有父亲得到了爷爷的认可。

父亲给爷爷喂饭极有耐心。他坐在爷爷的床沿，一手端着碗，一手拿着汤匙，半匙饭半匙菜，像喂婴儿一样，喂前用嘴巴轻轻吹两口，怕烫着爷爷，喂完一口后用小汤匙轻轻刮掉爷爷嘴角的饭粒，看着爷爷慢慢咀嚼，待爷爷吞咽后，又将碗和汤匙靠近爷爷嘴边，喂第二口。卧床后的爷爷吐痰常常不能控制地吐到被子上、衣服上，父亲总是细心地擦拭干净。父亲不允许我们对爷爷有任何不敬和懈怠。母亲如果某天照顾爷爷时脸色难看，不一会儿隔着屋子一定会传来父亲压抑着怒气的责问。

如今爷爷逝去三十多年了，我们一大家子人日子越过越好，父亲很自豪。

但在子孙的教育上，父亲并不松懈。日常闲谈中，他常说某家子女不孝，因而家庭不顺，时有病灾；某家女主人心地不好，导致子女婚姻不顺。他讲述的都是身边我们认识的人。父亲就这样以讲故事的形式，在不经意间把他奉行的理念不断地灌输给我们，时时提醒我们百善孝为先，子孝家兴，善有福报。

父亲作为我们人生路上的第一个引路人，一生就这样用自己的身教和言传影响着我们，给我们树立着榜样，提供给我们最好的教育。

和婆婆一起过国庆

路上看车、景点看人的国庆特别没意思，我们今年刻意修改了一下出行计划，决定国庆回老家，和婆婆一起过。

"父母在，不远游，游必有方。"往年到处游玩，不可避免地辜负了婆婆倚门盼归的心。

婆婆丧夫二十余年，多次邀她进城同住，她总是说习惯了老家的生活：种地，喂一两头猪，养一群鸡鸭鹅。她说一个人的日子过得快，过得自在。

不时接到外地儿女的电话，偶逢周末或节假日子辈孙辈回家看看，婆婆就觉得心满意足了。没有回去看她甚至忘了打电话问候时，婆婆也很会替我们开脱，很会自我宽慰：

"你们整天上班忙，有时间就打个电话，没有时间不打也没关系。"

"节假日还是要到处走走看看。"

婆婆绝口不提自己的牵挂和思念，不提一个人生活的孤独。即便老了，年过八旬，她也不愿意成为子女的负担。

婆婆的善良和宽容让人不忍一再辜负。

于是，简单收拾一番，带上儿子驱车回家。

乡村公路盘旋而上，不如高速路平坦笔直，但环顾窗外，处处皆景。青青的山、绿绿的地、黄澄澄的田，高处有大雁飞过，低处有白鸽轻掠。偶过一处青瓦白墙，鸡鸣犬吠入耳，仿佛老友奔走欢呼："归来了，归来了。"

乡村公路不如四车道、八车道宽阔，但即便这样的盛大节日，回家也一点儿都不拥堵。车行其间，畅通无阻，秋风从开着的窗拂过，喜悦之情溢于言表。

很快到家，把车停在绿荫如盖的黄桷树下，婆婆听到车子声音，早已站在老屋旁含笑引颈张望。

玉米已收完，长得饱满的几个被婆婆选出挂在屋檐下作为来年的种子，像选出的妃子喜气洋洋、居高而立。

更多的玉米堆在堂屋，长条凳子侧倒着，前伸的脚腿上反挂着一只胶鞋——用力在胶鞋底的纹路间前后摩擦，玉米便一粒粒离开玉米棒。

暑威未褪尽，太阳下山以前，我们便放倒几个凳子，一人一根脚腿，反挂一只胶鞋，比赛谁擦下的玉米粒多。

儿子初觉好奇，兴致勃勃地和我们一起比赛，未擦完一颗玉米，用力的那只手便有烧灼感了，婆婆心疼地让他到一边去玩。她自己一刻也不停下，叫我们累了也去休息，说自己晚上没事，可以慢慢干，要不了多久就可以擦完这堆玉米。我估摸着，她一个人恐怕得一个月才能干完吧。

婆婆有电磁炉，但极少用，说是小锅小灶，显得小气，炒出来的菜不如大灶上柴火火力猛、大铁锅中翻炒出来的菜香。

土地中割下的玉米秸秆靠着土壁排成一排晒着，作为柴火。

农闲的时候，婆婆也到山中砍伐一些旁生的树枝，或到河边砍一些

196

将死的竹竿，这些晒干后都是上好的柴。

太阳下山，外面不觉得热了，我们便和婆婆一起到田里背回玉米秸秆，也到山上或小河边砍柴。以免我们不在家的时候，瘦小的婆婆被背篼上的柴压着，踽踽前行，像一捆移动的树枝。

背回的各种柴一垛一垛整齐地堆在檐下，我们欣慰地看着，婆婆取用时就比较方便了。

婆婆把南瓜、冬瓜伺候得特别好，儿子摘下，一次抱一个犹觉得吃力。

返城前婆婆在车子的后备厢装了各种蔬菜、农作物，恨不得把家中所有能吃的都让我们带进城，说可以送给朋友同事。

每次回老家，总是收获满满。

但我还有着另外的私心。带着儿子回老家陪婆婆过节，除了让年幼的儿子感受劳动的辛苦，体验收获的喜悦，也想让他知道，家中有老，如有一宝。

通向爱和亲情的路无论何时都是畅通无阻的。

当儿子年长，当我年老，希望儿子也会记得常回家看看。

家有时尚老爸

七十九岁的老爸，幼时入学堂两年，成人后以务农为主。曾学得石匠手艺，年轻时屡屡外出凭此挣钱，供四个子女读书。子女相继跳出"农门"后，六十岁时响应国家退休政策，从土地上退下来，跟随子女入城居住。

老爸晚年更好动，尤其关注微信运动。人道世道养生道，道道尽晓；家事国事天下事，事事关心。大有"一机在手，天下俱有"之势。

这种情形从老爸学会使用智能手机开始。

用了多年老年机的老爸每见我用手机拍照，便露歆羡之色。在老爸七十五岁时，我用家中闲置的智能机给他安装了微信，教他使用微信并用语音视频聊天，教他拍照。识字不多的老爸悟性很高，从抢红包到语音视频连线亲朋好友，最后旅途所见也能一一拍照发朋友圈了。

那天，老爸问我："为什么别人的手机上可以看到运动步数，我的手机上看不到？"我动手摆弄了一番。自此，我和老爸的隔空比步拉开了序幕。

　　我坚持运动已数年。无论刮风下雨，冬寒夏暑，总能日行万步，也常能凭步数占领朋友圈封面。自从老爸加入，他动则两万步的运动量，我只能"望步兴叹"。

　　问老爸是如何做到的，他面有得意之色，说了句："不告诉你！"

　　老爸迷上微信运动，小半原因是为了占据朋友圈榜首，第一名对早过古稀之年的老人也是有着吸引力的，他们热爱生命。老爸自从比较熟练地使用智能机后，刷抖音，刷朋友圈，从网上学习养生知识，深知生命在于运动，每日都在坚持运动打卡。一有闲暇就迈开双腿，听鸟语，沐清风，看热闹，观城郊庄稼长势。大千世界，目不暇接，流连忘返，不亦乐乎。逢下雨天，在家中走，边走边关注窗外的天气，雨停即外出，毕竟家中的空间有限，所看有限，不及外面多姿多彩。遇家庭聚会，走亲访友，饭后聊过家常，老爸也会完成万步之约。

　　几年下来，一向高血压、高血脂的老爸各项指标都正常，也不用药物调理了。当然，这也与他将学到的养身知识用于日常生活分不开。同龄人的腰疾、腿痛、颈椎问题都与他无关。老爸走路身板挺直，步速适中，全然看不出已是近耄耋之年的老人。

　　"饭后百步走，能活九十九。"老爸就这样走着走着，忘记老之已至，我深信他一定会迎来二十年后的九十九。

耄耋之年也逍遥

一想起二舅，眼前便浮现出那个乐呵呵、瘦精精、端着小酒杯自饮的耄耋老人。

二舅和二舅娘住在一个煤矿边上。房屋四周有几小块菜地，蔬菜种得特别好，一年四季橙黄青绿红紫，鲜肥可爱。加上房屋边上的桃树李树，花开的时候，映着土坎下面的小溪河，有一点桃源的味道，让人忍不住驻足。

菜园子是小二舅两岁的二舅娘侍弄的。二舅心疼在菜地劳作的二舅娘，常劝二舅娘歇着。他自己与酒为伴，懂得节制，活得逍遥。这让我想起时而化蝶时而逍遥游的老庄。

二舅喜饮而不善饮。一日三餐每顿饭一小杯酒，边吃菜边喝。他喝酒的样子很动人，喝得极慢，极享受，似乎每一口都要品尝尽酒的精华，似乎不是饮酒，而是与佳人缱绻。让每一滴在唇齿间留下香味，绝不浪费。

二舅不慕名酒。大表哥每从都市带回几瓶茅台或五粮液孝敬他，二舅并不领情。他说他喜欢自己泡的酒，加了冰糖，甜甜的，好喝。说完端起小杯子抿了一小口，怡然自乐。名酒终归还是被大表哥和朋友们喝了。

二舅娘八十岁时，几个亲友前来庆贺，二舅提前告诉亲友他们一律不收礼金礼品。二舅偷偷求他的妹妹，也就是我妈妈，把我和哥哥送的薄礼退给我们。

二舅不接受敬酒，也不劝酒。同桌大表哥的朋友站起来准备敬二舅，二舅一边摆手一边笑着说："我喝我的，你们喝你们的，我喝得慢，不用管我。"他告诉我，他自己年轻时和当官的一起喝酒，开始他便宣布自己喜欢慢慢独饮，只喝一小杯，不敬酒、不劝酒。久而久之，当官的也好，亲戚朋友也罢，都知道二舅的规矩，也就习惯了二舅的饮酒风格，并不打扰他独饮之乐，也不觉得二舅有失礼仪。

大表哥的朋友善饮且爱劝饮，觥筹交错中，桌上的氛围很是浓烈，他也充分展现了喝酒人的豪气。我恰好坐在二舅身侧。二舅笑吟吟地凑近我耳朵，悄悄对我说："我不喜欢那个人，真的。"不等我接话，他便说那个人喝酒没有节制，几年前一起吃饭喝酒最后烂醉如泥，摔倒了，身上划了一个很大的口子，还送到医院缝合。只是从头到尾，二舅依然笑吟吟地喝着他那一小杯冰糖酒，不多说话，除了我，没人看出也没人知道他的不喜欢。

大表哥给我倒了满满一碗红酒（二舅和二舅娘不喝红酒，家中也就没有购置盛红酒的高脚杯）。虽然度数不高，只有十几度，但平常不饮酒的我喝完一碗后便面若桃花，已觉微醺。大表哥的朋友劝酒时，我未能抵挡，他们又给我倒满一碗。喝着喝着我便脚下生云，有腾飞之感了。当我从别处敬酒回来，二舅乘人不备，接过我的酒碗，说帮我解决。我知道他不喝红酒，而且他已经喝完了每顿的一小杯了，便说："你不能喝了。"他叫我放心，说有办法。不知道从不劝酒的二舅端着那碗价格不菲的红酒让谁帮我喝了。

离开二舅家时，二舅和二舅娘送我们到房子边上。二舅并不多言，笑着说了一句留不住我们，慢走之类的话，便牵了一下二舅娘的手，回屋去了。

屋旁的李花和菜园子里的油菜花都开得正好，一树雪白，一片金黄，蜜蜂嗡嗡地采着蜜，蝴蝶蹁跹地舞着，像二舅乐呵呵、笑吟吟的样子，像他和二舅娘快乐生活着的每一个寻常日子。

婆婆的忧患意识

人无远虑，必有近忧。如今八十多岁的婆婆留着齐耳短发，虽一字不识，却双眼清澈，眼界开阔，思维清晰，有着和她瘦小身子极不相符的远虑，而她的远虑与她自己的享乐无关，只能称之为忧患意识。

她六十岁那年，公公离世，埋葬在老家的一座山上，那是他身前和阴阳先生一起选中的一方地。在城里居住了一辈子的婆婆不顾儿女劝说，执意回到乡下。

修葺过的老屋本是留给大儿子的房产，然而大儿子一家在外地打工，已在城里买房安家，老屋便一直闲着。婆婆回去后，沉寂多年的屋顶开始每日定时冒出缕缕炊烟，抒写着村庄的诗意；鸡鸭鹅环绕着她，追逐着她手中的粮食，仿佛合奏着一曲田园之歌；圈中的小猪仔一日日长大，婆婆提着猪食靠近时，卧在圈中的猪儿欢叫着站起，摇着尾巴走向猪槽，像是婆婆每天描着的一幅画，画幅越来越大，婆婆心中的欢喜日增。园中碧绿的菜畦，田中沉甸甸的稻穗，土垄间黄澄澄的豆荚，一行一行长着胡须的饱满的玉米，环绕着老屋，陪伴着婆婆，好像婆婆精心哺育的儿孙，婆婆看着它们长大成人。

亲戚朋友都笑婆婆，说她老了，应该享清福，为啥回到乡下，吃年轻人才应该吃的苦。婆婆不以为然，说："一个老和尚八十多岁了，还一日不劳作，一日不食呢。我这个算什么，每天慢慢做一点儿力所能及的事，并不觉得辛苦，反而觉得这是活着该有的样子。年轻时因为要跟着丈夫照顾一大家人的生活，没有做农活儿的时间，现在子女成人，老伴先走一步，我整天在城里待着无所事事的，还不如回到老家，一方面离老伴近一点，陪着他，免得他一个人在山上孤独；另一方面自己种点粮食蔬菜，吃不完的还可以卖一点或送一点给需要的人。要不然个个都住城里，农村土地全都荒着，粮食蔬菜从哪儿来？"公公过世后，婆婆每个月领着抚恤金，衣食无忧，却还操心着国民生计。

新冠肺炎疫情后，国家倡导尽可能多的人群接种新冠疫苗，以在全国形成一个免疫屏障，阻断新冠肺炎的流行。婆婆积极响应，一个人坐着小公交到镇上的医院去接种了疫苗，再一个人坐小公交回到老屋。别人问她："你不害怕产生不良反应，万一死了，你儿女都来不及赶回来！"婆婆说："你们没有看电视，在我们国家能免费接种到疫苗是福气，有些国家疫苗供应不上，有钱都接种不到。何况政府和家长一样，爱民如爱子，哪儿会害自己的老百姓呢？"婆婆年轻时的工作只是照顾丈夫，照顾家人，确切地说，就是一个没有工作的家庭主妇，居然懂得治国之道。或许解放前出生的婆婆因为早年生活困苦，亲身经历了大半个世纪天翻地覆的变化，最后形成了一种朴素的意识，那就是对共产党坚如金石的爱和信任。在这种爱和信任下，坚定不移地相信和执行着党的方针政策，在执行中上升为一种朴素的哲学理论，又以自己的哲学理论自然而然地影响着身边的人。

时序入冬，家家开始砍柏树丫熏腊肉，婆婆不慎被倒下的树丫压住，受伤后送到城里的医院救治。我带着儿子去看望。瘦小的婆婆蜷缩在床上，棉絮中仔细看才能看出微微隆起的人形。婆婆说："树丫打中了一口气上不来还好一点儿，躺在床上动也动不了，痛还罢了，增加国家和儿女的负担。"我笑着说："你安心养病，医药费自己掏，不算增加国家负担。"她说："怎么不算，报销那部分就是国家支付的啊。躺着的这段时间，田土和家中的牲畜都管不了，还要吃饭，白白地糟蹋粮食，这不是增加儿女的负担？"我说："你养育儿女，儿女照顾你是应该的，怎么叫增加他们的负担呢？"婆婆说："儿女有自己的生活，赶来照顾也是迫不得已。"自认为善于言谈的我常常被婆婆浅显的道理说得哑口无言。我和儿子告辞时，婆婆呼叫着他孙子的全名，郑重其事地对他说："要好好读书。"待儿子清晰地答应后，她便不再多说了。婆婆已过耄耋，儿子初入中学，她不是想享受孙子之福，不过是将胸中常存的"修身，齐家，治国，平天下"的道理，化作简单的"好好读书"四字，不仅是对自己孙子的期望，也是对别人之孙的期望，更是对国家越来越富强的期望。

　　婆婆就是这样，人生不满百，常怀千岁忧，过着他人眼中辛苦却自足的日子，用朴素的言行使我警醒，也让周围的人另眼相看。

与亲情相约

连阴后逢晴，冬日阳光正好，微风不寒，宜登山，宜临水，宜赏黄花，宜观霜叶。

一个人出行，难免幽独，午后正长，约一个人同行吧。约谁呢？

想起一个住入重症监护室的医生，脱险后接受记者采访。记者问："一个人孤独地住在病房里，想了些什么？"医生沉吟了一会儿后说："想的最多的是，把人生中重要的事和一般的事分开，先做那些重要的事。"记者追问："你生命中重要的事，是什么呢？"医生回答："和我的家人在一起。"

疫情反复，作为一名普通的基层医务工作者，每天忙于各种琐事，闲暇时光甚少，陪伴母亲的日子更是少之又少，但亲情是不可等待的。母亲年逾古稀，和父亲一起住在城东，我住城西。母亲唯一的爱好就是上山，精心伺候她开荒得来的几分菜地，培土细耕，种菜收菜。不上山的日子，母亲一个人斜靠在沙发上，圆形的电炉像一轮小太阳暖暖地照着她的腿足，电视机里热闹地播放着广告、电视剧、新闻等，而母亲双眼微闭，嘴角流着口水。约母亲一同登山晒晒太阳，正好把打盹儿的母亲从沉寂的老年时光里拯救出来。

打电话过去，母亲却在菜地。问我是否上山，我断然否定后挂了电话。一条坑坑洼洼的公路，不时有车驰过，卷起灰尘无数，使本来干净的衣服变得"风尘仆仆"。母亲躬身劳作，我满面烟尘而去伫立片刻，又满面烟尘而回，不是白白浪费了这难得的美好周日吗？

犹豫了一会儿，我仍然去了。毕竟这个午后，我希望陪陪母亲，或者确切地说需要母亲陪陪我。

母亲的菜地在山顶下行百米处。隔着几块土地，看不到母亲的身影。我站立片刻，大声呼喊，确定母亲的具体方位后再往下走。喊第一声时没有回应（说不定忙完农活儿的母亲已下山走上另一条回家的路了），我继续喊第二声，这才看到母亲从田地里直起身，边回应边向着我呼喊的方向张望。

走近时，母亲早已把田地的边边角角打理得干干净净，那些铲除的荒草在田地正中的空白处聚拢一堆，点着火正熊熊燃烧着。母亲说："只有除去荒草，蔬菜才能吸收到充足的养分，荒草烧成灰，土地来年会变得更加肥沃。"红红的火堆烤红薯正好，可惜霜降后不几日母亲便收完了所有红薯，说霜降后不收，红薯在土地里容易冻坏。母亲兴奋地告诉我，她铲荒草时还摘到一个老南瓜呢！似乎是对母亲勤劳的奖励，老南瓜在草丛深处静静地卧着，若不是及时发现，就只能烂在土地中了。

待荒草全部烧成灰烬，灭了火苗、忙完农活的母亲便带着我走上另一条下山的小路。

小路曲曲弯弯，是泥路，好在一日的阳光烘烤后并不泥泞。干枯的青冈叶和松毛飘在上面，走过时发出窸窸窣窣的声音。一时间，我恍惚走在童年家乡的小路上，也是这样跟在背着背篓的母亲身后。走着走着，恰好母亲回头从口袋里掏出一颗糖，递给我，是花生牛轧糖。说是别人给了几颗，还没有吃。在母亲眼里，我一直是那个馋嘴的小姑娘吧，每次去看她，她总是会翻找出一点儿好吃的零食给我。我接过，剥了糖纸一小口一小口地咬着，像童年时那样不舍得一口吃完。味蕾上苏醒的记忆擦去了我上山时的满面尘土，仿佛几十年蒙在心灵的尘埃也荡涤一空，我回到童年，静默而安然地跟在母亲身后，走向回家的路。

这个午后，与母亲相约，不曾登山临水，不曾赏花观叶，只是跟着母亲，走在母亲走过的路上，一路亲情相伴，收获不足为外人道的小乐趣，这是我和母亲的浪漫，也是我和母亲之间不可复制的小美好。

我的"00 后"皮夹克

都说女儿是妈妈的贴身小棉袄，温暖又贴心；儿子是皮夹克，冬天挡不住严寒，夏天穿着发热，扔了可惜，那么贵，除了逢人显摆，别无他用。

2008 年年初，打算要孩子后，特别希望自己怀上一个女孩。

然而天不遂人愿。医生同事做 B 超时委婉地对我说："老了还是进敬老院吧，养子防老的文化早就过时了。"那一刻，我知道，我的女儿梦破灭了。

产假结束后到离家半个多小时车程的医院上班。儿子不吃奶粉，每次外公抱着他哭着盼着，到楼下等我下班。由于营养不足，小时候的儿子体质不好，一直瘦瘦小小的。

我呢，并不是一个好妈妈。有点脾气，有点懒惰，有点随性，有点贪玩，有点自以为是。

儿子三岁多时有一次生病，恰好单位组织出去旅游。我以为他是普通感冒，仍旧抛下他去游了华东五市。到了外地，才知道儿子高热不退，医院建议转院到市级大医院。旅游结束后我在机场打车赶到时，已住了几天院的儿子高热基本得到控制，但电解质紊乱，精神萎靡。一直很黏我的儿子把我当作陌生人，看着我伸出的双手往后躲，拒绝我抱，晚上也不愿挨着我睡，第二天才慢慢接受我。不知道在最需要妈妈的时候儿子是如何度过那一周的漫长时光的。在他幼小的心里，在那高热而昏沉沉的小脑袋中，有恨吗？有迷惑不解吗？有被抛弃的感觉吗？

在父母打骂中长大的我在初中时即发誓要善待自己的孩子，杜绝粗暴教育。但是儿子上幼儿园的时候不知道什么事不听话，被他爸爸拿着铁衣架打，在地上蜷缩着，大声号哭，我未加阻拦。一个弱小的孩子在强权下哭泣、无助，至今想起来仍让我心痛和后悔不已。

一直不擅长厨事。看着别的妈妈晒出给孩子精心烹调的美食，我总是惭愧。然而儿子并不计较这些。下班回家，给他煮一个肉片汤他就非常知足了。在我什么也不愿意煮的时候，给他随便弄一碗面条、一碗米粉或者一个蛋炒饭等，他也吃得津津有味。去年疫情期间，学校延迟开学，作为医务人员的我却必须上班，常常留下儿子独自在家，临行前每每掏出几张皱巴巴的零钞放桌上，嘱咐儿子饿了戴上口罩出去买吃的。当时忍不住感慨，那一点零碎的皱巴巴的爱，必得以我的转身换得。然而儿子从不曾抱怨。

心情不好时，极易迁怒于儿子，那时候完全忽略了儿子的优点，总爱唠叨着数落他的不是。这样数落着唠叨着，情绪便容易失控。为了不让自己的情绪升级，我总是不负责任地摔门而去，让儿子独自消化我的焦虑、沮丧、不安等不良情绪。我则在小区散步，让膨胀的情绪慢慢平息下来。不多久，儿子总会打来电话，讨好地给我汇报作业做了多少，书背了多少，问我还有多久回家。

性格上偏于粗线条的我不会梳好看的辫子，不会把女孩打扮得漂亮，没有耐心逛街买女孩穿的各色衣裙。儿子头发长了，我只需要督促他去修一个极短的发型；儿子没有衣物可穿，我便倚床拿着手机几分钟下单搞定。

儿子早已忘记了那次妈妈不在场的重病，幼儿园时被爸爸拿着铁衣架打的事也不曾在脑中留下痕迹，没有按时吃上母乳的事更谈不上有丝毫记忆。每当我发过脾气后自省，每当偷懒给儿子准备简单的饭食，每当他喜滋滋地穿着我随意购置的衣物上学，我总是暗自庆幸，并心怀感恩，幸好是儿子，这独一无二的儿子来到世上，来到我的身边，像贵重而耐穿的皮夹克，有坚强的内心，包容我的一切缺点，无条件地爱着我，信任我，依赖我，成就我们的母子情缘。

自从有了"皮夹克"，我不再羡慕"小棉袄"。

第六辑　乡土有味，簌簌生香

购买美好

程颐说，以诚感人者，人亦以诚而应。

上班路上，走过了他放背篓的地方，又犹豫着一路三回头，终于倒回来买了他的玉米。不仅因为玉米是我最喜爱的食物之一，更是他兜售时的神情和语言打动了我。

有人正在挑选，却又迟疑着问："人家说甜糯的玉米粒总是凌乱分布，你这个怎么排列得整整齐齐？到底甜不，糯不？"

他脸上有一丝未被信任的受伤表情，掩饰着，平静而笃定地说："这是我自家种来自己吃的，没有打农药，我可以等你煮熟了吃，你觉得甜糯才付钱给我。"

包着绿衣、挂着须子的玉米随意地在背篓中一个叠一个地拥挤着，只剩半篓。一看就是刚从山上摘来，未习惯"梳妆打扮"。剥开，偶尔还有虫噬过的痕迹，确凿是没有打过农药的，像村姑发上的一根草，鞋上的一点儿泥，不损她的容颜，却平添了一分自然、朴实之美，而这正是喧嚣、浮华的城市所匮乏和所喜爱的。

我也开始弯腰挑选。其实没有什么好选的。每一根玉米都恰好妙龄，都是他精心栽培的，如准备出阁的女儿，都是他不得不舍下的最爱。

他帮着我剥下绿衣，又帮着我把一个个泛着诱人光泽的玉米装入袋子。

接过袋子，我拿出手机随口问："你有微信吧？我转钱给你。"自己感觉这么随口的一问也是多余的，似乎早已进入无现钞时代，上至老妪老翁，下至学生，甚至学龄前儿童，人手一个智能机，逛菜市场习惯了微信、支付宝支付，逛商场习惯刷脸支付。究其根源当然只是人们天性疏懒，不愿多带一个钱包罢了。

出乎我的意料，他说："没有流量。"

攥着袋子，对他、对玉米品质已深信不疑的我不忍放弃。办公室离此数百步之遥，同事那儿必定能换到现金。然而又怕选好的玉米被人抢购了去，毕竟背篓中的玉米已所剩无几。

只好恳求先带回办公室，再给他送现金来。怕他不信，补充道："放心，我不会为了几个玉米一去不返的。"他迅捷而不择言地说："你去吧，我不是那种人。"仿佛急需博得信任的人是他，不好意思的人也是他。

我提着玉米一路小跑到达办公室，换到现金后又是一路小跑，怕他因为我的迟回产生一丝一毫的疑窦。

他仍在原地站着，整理着背篓中剥下的玉米壳，玉米已被抢购一空。待我走到跟前，递上现金，他又不好意思地说："让你跑来跑去的。"

下班回家，迫不及待地进入厨房，打火，把整袋玉米倒入锅中。扑鼻香传来时，等不及，站立锅边，筷子夹起就送入口中。舌头被烫了一下，然而那糯甜鲜香和满口的汁液刺激着舌尖的味蕾和感觉神经，让我不能停下。

想起卖玉米者平静笃定的话语，想起他允许我提了玉米离开他的视线，间隔一段时间后再支付，他出售的哪里是玉米啊，分明是他诚实的品质，以及相信人亦以诚而应的美好。

如沃夫格所言，"我买他的诚实，这种人出售的是他的名誉"。

红薯归来兮

寒风乍起，黄叶落地时，农民们也迎来了红薯丰收的季节。

"味比青门食更甘，满园红种及时探。世间多少奇珍果，无补饕餮也自惭。"这是清代诗人夸赞红薯的诗。意思是红薯味甘，可以当早饭晚饭吃，胜过多少奇珍异果。

然而小时候我是不喜欢吃红薯的。那时候所种的稻谷、麦子产量不高，收获之后一部分要作为公粮送到粮站，逢赶场天大人会背一部分到集市卖掉，换取必需的日用品、农用品。红薯成熟的季节，每次揭开家中的甑盖便是满满一甑子红薯，中间零星地挤着几粒珍珠似的白米饭。作为家中最小的一个孩子，我总是小心地用饭勺撇开红薯，耐心地把那几粒屈指可数的白米饭勾到自己碗中。

然而白米饭毕竟太少了，不够果腹充饥，只好不情不愿地盛上几块红薯，带着委屈吃下去。有时没到下顿饭点又饿了，只好在煮好的一大锅猪食中抓出几个红薯，剥去皮子，三下五除二塞下肚。甚至猪食也没有的时候，到屋外墙根上堆成小山似的红薯中随便捡一个，耐着性子洗去泥，用小刀削去黄色或白色的外皮，倒也吃得津津有味。不耐烦时用水三两下去了泥，直接用牙啃，牙齿啃掉一圈儿皮后再咬一口，皮子啃完时一个红薯也就差不多没了。

整个童年好像就是在这种不喜欢红薯但又离不开红薯的情结中度过的。

不知道过了多少年，竟然发现红薯登上了超市的"大雅之堂"！

初入城市的我是断然不会买的，而且嗤之以鼻地想：乡下许多年前粮食不够时的替代品，居然摇身一变身价大涨，让城里人吃去吧，我这个乡下人吃了许多年，应该让胃换换口味，吃点荤腥的了。

这种心理没有持续几年，我也成了红薯的购买者，而且回老家时也会装上满满一大袋带入城。

岁月是一个大大的筛子，它筛去了我对红薯的所有偏见，留下了味蕾关于红薯甘甜的记忆。最初以为入城了就应该换上"城市人胃"的可笑念头也被"三高人士"不断增多的现实打败，聪明的城里人早已换成了健康的胃，我还自作聪明地嗤笑，如今我终于意识到红薯丰富的营养价值，长寿和防癌的功效也终于让我不敢小觑。

煮饭时，我开始把切成小块的红薯加入大米中。饭熟后，一锅白米饭中散着几点红，辉映成趣，像白玉上镶嵌着几颗红宝石，童年时的嫌弃荡然无存。哪怕在外面就餐，只要有红薯饭，盛饭时我也会毫不犹豫地加入几块红薯，谁会傻傻地舍弃红宝石呢？何况一箸清香一箸甜，寻常日子赛神仙！

有时我也把红薯切成薄片，倒入热油锅中加入佐料翻炒，入味后加水，水初沸时加入白菜，起锅后撒上葱花，一道食材简单的佳肴就大功告成。汤中隐伏着薯片的红，菜帮子的白，飘着菜叶子和葱花的绿，三色相映，鲜艳夺目。葱花和白菜的清香让人不知不觉用手在鼻翼边煽动着。吃一口红薯的甘甜，再夹一筷子白菜的清馨爽口，素而不淡，甜而不腻，真叫人一箸一口爱流年。

红薯就这样回归我的餐桌，回归我的胃，并且在每一年红薯丰收的季节加深了我的味觉记忆。

红土地里绽放幸福花

"不必到外地看风景了，我们老家门口现在已经打造得很漂亮，吸引了不少外来人参观。"

某一日，住在离老家不远的镇上的堂妹通过微信发来信息和图片，我心中怦然一动。欣喜之余，看着图片，将信将疑：这是我的老家？这是我一度渴望走出的村庄？

老家位于渝黔交界处，2001 年前隶属羊角乡政府，后来村建制调整，原羊角乡政府所在地合并相邻数村为羊角村，隶属安稳镇，渝黔交界的崇河村村名不变，也归入安稳镇。

每日被各种世俗之事所绊，加上日趋年迈的父母十几年前就从老家入城，与我们一同居住，空荡荡的老屋日渐颓圮，许久不曾回去看一看了。那生我养我的村庄和年年矮下去几与土地齐平的老屋就成了一个念想，萦绕心头，偶尔怅然，想必那门前的稻田水，春风拂过，依然未改旧时的波纹吧。

这一次，带上父母，我无论如何要回去看看了。

时正仲夏，溽暑难耐，城中须臾不离空调。高速下道后不久，车子驰入连绵起伏的大山，在绿意盎然中沿着蜿蜒曲折的 210 国道行驶。我试着关掉空调，打开车窗，凝望那飞驰而过的一扇扇绿色的屏风，墨绿、翠绿、深绿、浅绿，层次不一地扑面而来，又转瞬即逝，又有新的扑面而来，让人目不暇接。在层层叠叠的绿色屏障中，汽车如在画中驱驰，拂过脸颊的风竟然是清凉的，在醉人的绿中，忍不住深吸一口气，仿佛把无尽的绿吸入肺腑，荡涤久覆的尘埃。

小时候是不喜欢这些的。20 世纪 60 年代中期父母把家迁到这个海拔八百米的穷乡僻壤之地，一座座大山包裹着小村，人烟稀少的小村仿佛与世隔绝。重峦叠嶂横亘在人们面前，遮挡了视线，也阻挡了外面的繁华。那唯一通往远方的山路太长，太陡峭，太曲折，好多父辈用了一生的时间都未曾走出大山。对父母迁居于此，儿时的我疑惑中充满怨意和无奈，那时唯一念头就是走出大山，去看看外面的世界。那条泥泞狭窄的山路沉默地见证了一个小孩子的守望。

夏天确实是凉爽的，不需要风扇，更不需要空调。也许是用不着降暑，也许确实是太偏僻了，那时压根儿也没有听说有风扇、空调这些电器。盛夏之夜，院坝正中摆上一把长板凳，便足以安放追逐嬉戏一整天的小孩子们的燥热。在静谧的月光下，我和几个哥哥躺在院坝的长板凳上安然入睡。夜露未起，已从凉意中醒来，在父母的絮叨中进屋，上床严严地盖上被子，温暖冰凉的身体，入睡至天亮。对于清凉的夜，对于远离了炎热的夏，我们并不知道那是大山的馈赠，以为别处也是如此。我和哥哥们在理所当然地享受着这一切的同时，争抢着难得一见的汤碗中的油星儿，争抢着一日三餐的甑子中少见的白米饭，也争抢着偶尔吃到的面条。

在回忆中汽车很快驰入崇河街道。刚到入口，红底亮金的红军街招牌便跃入眼帘，招牌上还有党徽，有"1935 枫香树下"的字样。这是以前没有的。

这个位于南部边陲，距离綦江城区近一百公里的小村，在 20 世纪 90 年代中后期，由于 210 国道上车流量的增多曾经有过短暂的繁华。当时紧临 210 国道的村民看到了商机，他们开起了各种各样的店铺，有做餐饮的，有卖水果的，有搞修理的，有搞接待住宿的，最多时店铺有几十家。在一段时间里，车来人往，吃饭住宿，修车补胎，人声鼎沸，形成了崇河一条街的繁华，获得了"由黔入渝第一村"的美称。在"国家八七扶贫攻坚计划"进行得如火如荼、全国几千万贫困人口的温饱问题亟待解决之时，小村因为这条近千米长的崇河街似乎褪尽长久以来的贫穷、落后，一跃成为经济发达、生活富裕之地。

其实，当时的繁荣也只是局部性的表面繁荣。部分紧邻 210 国道有一定商业头脑的人看准了商机，通过开店赚了一点钱。多数人家依然面朝黄土背朝天，在自己的一亩三分地上耕耘，也只能勉强解决温饱。然而渝黔高速的修建和贯通，让崇河村局部表面的繁荣也渐行渐远。

停车后，街道入口处刚好碰到曾是小学同学的村支书。

据村支书介绍，渝黔高速路从开工到通车短短三年多时间，崇河村的热闹每况愈下。来往的车辆减少，店铺锐减，最后只剩下几家勉强维持经营。道路处处是被货车碾压破碎的痕迹，坑坑洼洼，无人修补。曾经生意最火的罗德开饭馆也冷清了下来，经常一天只有一桌客人，收入只有二三十元。罗德开一度想重操旧业干泥水匠的活路，但经济萧条，村里哪有几家拿得出余钱修建房子？他曾想过去遵义或贵阳开馆子，但看得上的地段，转让费要十几万元，每个月租金也高，只得作罢。

更不要说那些靠租房子过日子的人家了。生意冷清，店铺关门，房子租不出去。姚守斌房子租不出去后，去挖煤，没想到在一次事故中压断了双腿。同样，断了房租这条财路的罗玉伦，生活日渐艰难，后来成了村里的贫困户。

村里也想过办法。2004 年，村里发动家家户户栽木瓜，结果卖不出去，不少人因此背上了沉重的债务。截至 2014 年，村里的贫困户不减反增，共计四十九户一百五十二人。

崇河街，因路而兴，因路而衰，真是成也萧何，败也萧何。一边听着村支书介绍有过短暂繁荣到再次贫困的崇河村的故事，一边打量着与以往截然不同的红军街。离开村庄几十年，不经意间，这片我生活了十几年自以为了如指掌的土地竟然穿上红色的衣裳。我不知道它本来就是一片红色热土。

如今的崇河村红军街，红色房屋林立两侧，红色图腾和标识随处可见，站在红军亭上举目远望，郁郁葱葱的山绵延不绝，山脚下的高速公路如银色巨龙穿山而过，远山村舍淹没在茫茫烟云之中，天宽地广。

读中学时只知道校园前面的草坪下方有两块石碑，一块似乎雕刻着"为国捐躯"的字样，一块雕刻着"指导我们思想的理论基础是马克思列宁主义"，落款是毛泽东。学校的侧面长着一棵高大的枫香树，对石碑和枫香树以外的故事我却不知道了。

中学毕业后到外地读书、工作、成家、生子，接父母入城帮着看护孩子，回老家的时间便越来越少。

父母在老家时，偶尔回去，崇河街的短暂繁华我还算得上一个远远的观望者。父母入城同住，重归寂寞后的崇河村我就很少得知了。

"重庆市启动新一轮脱贫攻坚工作后，把乡村旅游作为支柱产业，在各地开展得如火如荼，这让我们看到了希望。"村支书继续为我做着介绍。

2016 年崇河村争取到了美丽乡村项目建设资金，对 210 国道沿线的房屋进行了统一风貌改造。改造后的房屋，红砖灰瓦颇具民风，不仅为青山绿水平添姿色，也为发展旅游接待打下了基础。

在村支书的介绍中，我才知道綦江是中央红军长征在重庆的唯一过境地。为了确保遵义会议顺利召开，中央红军过綦江，造成佯攻重庆之势，确保了遵义会议顺利召开，实现了战略转移意图。1935 年 1 月 10 日，红一军团攻占贵州桐梓县城，其先头部队继续向新站、松坎、綦江方向推进。军团部派一师二团在团长龙振文和政委邓华的率领下，于 1 月 15 日进驻綦江羊角乡的枫香树、大垭口、红稗土，扼守尧龙山下川黔交界的酒店垭关隘，监视驻扎在九盘子一带的川军和贵州盐防军的行动。

对于拥有独特文化资源和区位优势的崇河村，如何在保护和传承的基础上，挖掘红色历史文化资源，发展文旅经济，助推乡村振兴，进入当地政府的思考范畴。

政府经过反复调研，崇河村拥有得天独厚的红色文化和绿色资源，文旅结合是乡村振兴的重要引擎，探索"绿色资源 + 红色文化 + 乡村旅游"的农文旅发展模式，可以走出一条乡村振兴的新路子。

沿着红军走过的道路，崇河村开始挖掘红色文化资源，推出"重走长征路"主题活动，邀请游客们穿红军衣、走长征路、吃红军饭、听红色故事、享红色之旅。

缓步在红军街，遇到一队人身着红军服，手举党旗，浩浩荡荡前行，颇有当年的红军气势。村支书说那是某机关单位的党建队伍。近几年来，崇河村已经成为很多当地机关单位进行党建和团建，重温红军历史的重要基地。崇河村也就形成了穿红军衣、走红军路、吃红军饭、听红色故事等一条龙服务。

文化搭台，经济唱戏。崇河村在政府的领导和帮助下，终于找到了新出路。多年来一直在重庆各地做棉絮加工生意的李江带着丈夫回来，利用自家住房与人合伙开起红色餐馆。餐馆外装修除了统一的红砖格调，也有个性化的特色。由于餐馆是两省界碑处入重庆第一家，遂起名为"渝黔懿家"。餐馆利用二三楼的墙体位置，白底红字书写着一副对联：两省交界，立碑为证，红军当年是好汉；四海宾朋，把酒临风，崇河振兴树标杆；横批是共享渝黔美味。横批下面的阳台两侧做成仿古的格子窗棂，中间则是红色花纹的菱形窗子，窗上是党徽图案和为人民服务字样。餐馆以醒目的位置、独特的装修和醇正的味道吸引着八方来客，生意红火。罗德开也顺势将以前经营的饭店装修为红色文化主题餐馆，推出一批红色主题的特色菜品。在外打工的陈梅嗅到商机，回乡把住房改造一番，也开起了"红军餐馆"。为了配合红军美食文化，她还推出了红军宴。

绿色资源和红色文化旅游开发，吸引了一批又一批客人的到来，终于让沉寂已久的深山小村真正热闹起来。

人气带动经济发展，餐馆生意红火起来，村民种的绿色蔬菜实现了家门口的产销一条线，家家建成红砖灰瓦的楼房，房前一律有红砖围成的花圃，或种花，或种菜，或一半种花、一半种菜，花儿争相斗艳，姹紫嫣红，蔬菜郁郁葱葱，青翠可人。部分人家院坝停着小汽车、摩托车、三轮车，方便自己出行。村支书说，因为红色旅游开发，2021年崇河村集体经济也实现毛收入20多万元。

时近中午，我们也在红军街上品尝了红军餐，当然远比当年的红军餐丰盛，除了红米饭、南瓜汤、茄子外，我们还特地点了著名的崇河辣子鸡。

老屋在深山更深处，美食享用完，怎么也得去看看，哪怕土墙完全垮塌，遗址总是存在。更重要的是，我惦记着堂妹告诉我的家门口的另一处景呢。

在红军街往羊角方向的村路上行一段距离，便到了老屋所在地。几十年的光阴，几乎看不到土墙的影子了，邻居在宅基地上种满了翠绿的蔬菜，长势喜人。未种之处则乱草丛生，与人齐高，早已掩盖了当年居住的痕迹。一些珍贵的东西必然要留在身后，或许这也是成长的无奈吧。好在抹不去的痕迹烙印在心，仿佛朱砂痣，越久越鲜明。

站在当年的院坝，我和哥哥曾经用箢篼捉过鱼虾的稻田便进入眼帘。

虽有堂妹预先发来的图片和信息，但真正走近见到的那一瞬，它旧貌换新颜还是让我大吃一惊。曾经的稻田变成了莲田！绵延不绝的勃勃生机和动人的色彩驱赶着身后的荒凉。我半信半疑的心终于相信这确实是我那焕然一新的村庄了。

纵目望去，那田田的莲叶像舞女的裙，那绽放的莲花像娇美的容颜，那并排着依次展开的莲田像一场盛大的舞会。告别已久，小村竟用如此盛大的仪式欢迎着一个游子的归来，或者说，小村以如此靓丽的新颜回馈着乡亲们的勤劳！

不用到西湖，甚至不用出家门，也能欣赏到杨万里诗中"接天莲叶无穷碧，映日莲花别样红"的风光了。

有偶得闲暇的乡亲推着孩子，陪着老人在莲塘边悠然看着一望无际的莲、嗅着莲，指点着哪一朵开得最艳，谈着莲藕的收成。我想象着夜晚，这盛放着莲的大道上一定有一番热闹的景致吧。忙碌完一天的乡亲吃过晚饭，像城里人一样压马路，他们漫步在两边开着莲花的大道上，一边聊着家常，一边呼吸着莲的清香，欣赏着莲的脱俗的美。对村子的变化，会不会像我一样惊喜？他们一定也对这正发生着的日新月异的变化感到自豪。明月冉冉升起，照着这人世间动人的美好，他们会不会觉得那一刻的幸福感超过了城里人？

我是自豪的，也是惊讶的，那一度贫穷、温饱难继的乡亲们居然在稻田中种上了莲花，居然有了审美的意趣，居然从活着的挣扎成功地过渡到学会享受生活了。

小时候的稻田是多么珍贵啊。家家用犁铧在田的边缘一点点地拓宽着面积，尽可能把自家的稻田变大一点，所有的角落绝不漏种一棵稻子。即便这样，稻子成熟的时候，还是得在米饭中混入大量黄色的粗糙的玉米碎粒，或是放入很多红薯，不如单纯的白米饭滑腻清香，总觉得难以下咽。我和哥哥用饭勺费劲地撇开玉米碎粒或红薯，让米饭突破重围，尽力抢夺着一点珍珠似的白米饭。在一年一年的争抢中童年很快就过去了。

根据马斯洛需求层次理论，审美需求是有别于生理和安全的更高层次的需求。而只有在低层次的需求得到满足的情况下，更高层次的需求才会凸显出来。小时候的莲花对我而言，只是书本上的一个图画和一个抽象的概念，人们何曾有一分闲田来种莲，哪怕它淤泥中的根可以入食，它的花可以观赏，在不能解决温饱的年代，它只能列入奢侈品一类，只可远观，不会有谁家舍得种上一株。

村支书告诉我，明年将进一步完善莲藕基地景观建设，并对红军路进行升级打造。主要是沿原桥大丘环线至岩窝洞的莲塘道路进行景观打造，在莲塘中建观景台和亭子，方便游客观景和拍照。红军路沿线也将做三个景观点，周边房屋做彩绘，沿线栽植观赏性树木。莲藕基地和红军路的双重升级打造，将实现水路、旱路自然风光和历史文化的有机融合，进一步增强游人的体验效果。

他的话让我充满期待，我那一度藏在深山无人识的小村终得时日露峥嵘。无论是莲的高洁品质，还是红军的长征精神，必将吸引更多的游客来赏莲，来重走长征路，听红军故事，品尝红军饭，来接力长征。我那藏在深山中的崇河村，既得时日露峥嵘，必将吸引更多的游人想来，想留，想念。

在莲田边宽阔的大道上走走停停，在高高低低、错落有致盛放的莲中，给父母拍照。近耄耋之年的母亲有一丝羞赧，一会儿举着拳头，一会儿比一个"V"字形交换着造型，半日倏然而过。夕阳西沉，踏上归程前回望田田的莲，这美丽的花朵开放在崇河村的红土地上，这幸福的花朵也绽放在我那勤劳的乡亲们的心田。

腊味知年近

俗话说："小雪腌菜，大雪腌肉。"进入腊月，走路坐车更是常常听到灌香肠、熏腊肉之类的闲谈。仿佛不灌点香肠，不熏点腊肉，不足以过年。

小时候家在农村，每到腊月，田土中收回的一篓篓红薯作为猪食被吃光后，家家便相继迎来了杀猪季。此时，营养丰富的红薯早已把一头头猪养得体肥膘厚，正是出槽时。

一年喂到头的猪杀了，请上亲朋邻舍大吃一顿后，一小块一小块用棕树叶子搓成的绳子系上，抹上厚厚的一层盐，放入石缸或大坛子腌上。半个月后一边烧着柏树枝叶取暖，一边借着柏树枝叶的烟香熏肉。杀猪的当晚，将猪小肠洗净后，就着灯光用手指填入剁好的肉，一节一节用棉绳系紧，挂在灶前或烤火取暖的火炕上。这些腊肉和香肠用每日的柏树烟香熏着，有客来便拿着菜刀切下一块肉或几节香肠，同萝卜或别的什么菜煮了，捞出肉切成片，加上菜园中刚摘来的蒜苗，炒上一大碗。

捞出来的香肠切成片用一个盘子或小碗盛着，这便是待客的美味了。

　　我常常和一群小孩在外面疯玩，但总是惦记着锅中的香味。一次次跑入厨房看肉有没有熟，看妈妈有没有把肉从锅中捞起。如果运气好，碰上妈妈在切肉，正值妈妈的心情好，她便会拿起切好的一小片，笑骂一声塞入我的口中。解馋后的我便更加欢快地跑出去疯玩。而闻香而至的猫儿和狗儿就没有那么好的运气了，小狗只能不停地摇着尾巴，小猫只能喵喵地叫个不停。若挡着妈妈的路，还会被厉声或腿脚驱赶。

　　腊月临，腊味浓，年便近了。

　　年的好除了可以尽情地吃腊味外，还有别的平时吃不到的零食，比如瓜子、花生、糖果；还有平时玩不到的玩具，或是一个气球、一根跳绳，或是爸爸妈妈做的一个鸡毛毽子等。如今的孩子早已不屑一顾了，那个年代却是我们所稀罕的。

　　因这腊味，因年与腊味相随而至，小时候的我便一日一日地盼着。盼着那许多年来，代代相传，凝聚了火与烟、阳光与风、时间与人情的味道，盼着那植物香与油脂香映衬的滋味，盼着那滋味引来的更加美好的年味。

　　时过几十年，那灶上沸汤中翻滚着的一片片金黄犹在眼前，那植物香与猪肉脂肪熏烤下混合而成的鲜香醇厚依然扑鼻，那醇香袭人的味道犹在舌尖。

　　至今，腊味依旧是冬日尤有深意的美食。

　　而依然让我不减欢欣的是，腊味袭来，年便近了。

母亲和她的刀豆

记得小时候菜园子边上种着一种蔬菜，母亲叫它刀豆，我也跟着叫刀豆。前两年我拍照后用识图软件识别，显示与扁豆的相似度更高，差不多达到百分之九十五。"一庭春雨瓢儿菜，满架秋风扁豆花。"我疑心母亲种的就是这种上架的扁豆。但没有人确切地告诉我，私下我便聪明地把它当作扁豆。

母亲种得随意，常常是在李子树下，蒺藜边上，桑树近侧，撒下几粒种子，也不施肥，也不浇水，也不锄草，撒下种子后便去精心侍弄别的蔬菜了。几个月后刀豆便沿着树枝，拥着蒺藜，上蹿数尺。待到夏末秋初，倾情绽放，满架紫色的花儿，满架蜂蝶飞鸣，生动了整个菜园子，也生动了一个季节。秋深冬临，果实累累，世界给了它寂寞，它反而以热闹回应。

刀豆越是寒冷结得越欢，带着一股傻劲儿。一簇一簇地垂挂着，摘食了一茬，过几天去看，高高低低仍是挂得满满的，好像不曾消减。树有多高，刀豆的藤蔓便爬得多高，把傲视天空的树梢压得低了头。

太高了，总是不能轻易地摘到，但母亲有她的傻办法。她脱掉外套，只留下一件贴身绒衣，显得异常矫捷。她先在树干上隔一段距离横绑一根木棍，这样穿着鞋子爬树时不会下滑。在长着粗大枝干的地方攀着枝干而上，仰头伸手拉下较细的树枝，那些高高挂着的刀豆就成了囊中之物。

长得再高的刀豆，母亲也有她的傻办法应对，仿佛母亲在和刀豆较着傻劲儿。母亲就地取材自制一个钩子，像鱼钩那样，其实不过是一根简单处理的干树枝，长的作柄，短的为钩。母亲一手拿着柄用钩子去钩高处的树梢，刀豆的藤蔓也就随着钩到的树梢低与眉齐，另一只手迅速摘下刀豆。不多久，就摘得满满一袋而归了。

入城后母亲觅得荒地几分，开荒种菜，依然在土坎边的树下种上刀豆，依然喜欢在光滑的树干上横着绑上木棍爬树去摘刀豆。我觉得不安全，让母亲不要为了那值不了多少钱的刀豆去冒险。母亲却不以为然，依旧脱下外套，爬树、摘取，很矫捷。

然而母亲却不喜欢吃刀豆。她说刀豆是发物，她患有慢性肠炎，吃了易诱发。聪明的我查了百度给母亲讲刀豆的营养价值，讲它富含蛋白质、碳水化合物、微量元素等营养成分，不仅不是发物，而且还可以补钙，预防骨质疏松，提高机体免疫力，增强抗病能力等。但母亲仍然很少吃，一次次摘了送给儿女，也送给她的老年朋友们。

母亲年年笃定地种刀豆，摘刀豆，送刀豆。我一边安然地吃着，一边品味着妈妈牌刀豆的绵长滋味，感受着来自母亲和大自然的爱。同母亲和她的刀豆相比，我真是显得过于聪明了。

提醒端午

"端午临中夏，时清日复长。"又到了吃粽子咸蛋的日子，又到了家家门楣上挂艾草、菖蒲的日子。

满街的粽子咸蛋飘香，满街一小束一小束的艾草菖蒲飘香，它们穿着节日的盛装，或摆放在地摊的篮子里，或安静地翘首在超市漂亮的柜台上，仿佛静女其姝，俟尔于城隅。"事古人留迹，年深缕积长。"那浓浓的节日气氛，就算你忙得摸不着北，就算步入老年大脑退行到空蒙状态，估计也会瞬间恍然大悟，原来是端午到了！

我的端午却不是被节日气氛唤醒的，而是因为妈妈的电话提醒而年年早早到来。

今年也不例外，离节日还有半个多月，妈妈的电话便如闹铃般响起，告诉我端午节快到了。

那天正在上班，接到妈妈的来电，以为是什么要紧的事，正忙着的我确定并无要紧事后或许话语中流露出了一丝不耐烦，手机中妈妈的声音变得有些小心翼翼了，说已经包好了粽子，问我是否有时间过去一起吃。

坦白地说，小时候妈妈包的粽子总让我垂涎欲滴。糯米两三天前就开始浸泡了。做粽子的当日摘来新鲜绿色的粽叶和如扇的粽叶，把它们一起放在热水中烫过，高温后脆脆的叶片变得柔韧，不易破裂。再捞起粽叶和粽叶放入清水中一张一张仔细清洗，去除叶片上的灰尘污迹。把粽叶撕成条束状和洗干净的粽叶一起备用。浸泡好的糯米过滤去水后在笤箕上堆成雪山样。妈妈熟练地拿起两张粽叶卷成漏斗状，抓起浸泡好的糯米装到漏斗三分之二的位置，把高处米面的粽叶收拢覆盖，成为立体三角形的样子，用一根粽叶系好，这就算包好了一个粽子。说起来很简单，看上去也很简单，然而我每次学着包粽子，难成粽形不说，基本都是直接散架，糯米从粽叶中渗出，惨不忍睹。妈妈包好的一大束粽子在棕叶柄上长短不一地坠着，仿佛棕树结出的硕果，很是好看。

待笤箕上的雪山消融殆尽，一盆硕果倾入锅中时，离粽香满院飘香的时刻也就不远了。

那时候因为诸多条件限制，妈妈通常都是包这种食材单一的白粽子。但这样的白粽子也足以降服我们几个馋嘴孩子的心了。出锅时，糯米的甜糯香味和叶子的清香结合，蘸一点儿白糖入口，生活的甜蜜幸福尽在口中缱绻。

长大后，品尝了各地粽子，知道除了三角形粽，还有斜斜的四角形粽子，也知道了粽子馅的多样，比如红枣粽、红豆粽、豆沙粽、干果粽、肉粽、蛋黄粽、火腿粽等。口味也各异，有甜的，咸的，还有辣味的。

和市场的多样化相比，妈妈的白粽子就显得有些单调，吸引力也就远远不如小时候了，加上忙于工作，回家吃粽子的时间也就越来越少。为了增强吸引力，也因为离开庄稼地、入城居住的妈妈有了更多的闲暇时光，除了包白粽子外，近几年也新增了腊肉粽、绿豆粽、腊肉绿豆粽、红豆粽等。然而，长大后的子女被各种事情羁绊，回到父母身边一起吃粽子的时间依旧屈指可数。

　　父母对子女的牵挂却随着年岁的增长越加浓厚。粽身上那一根根缠着的绳，是父母的思念，它一圈一圈又一圈地绕着，像地球的经线和纬线，无论子女身在何方，永远也走不出父母的视线，那缠绕的绳是父母焦灼渴盼的眼。

　　我终于知道了妈妈的端午为什么总是提前到来，那是爱的提醒，提醒我粽子的美味和传统文化的传承，提醒我常回家看看。

豌豆腊肉饭

春来乍暖还寒时节，新鲜的豌豆角带着原野的芬芳上市了。

农民用担子挑着竹编的筐进城，豌豆角小山一样，安静地卧在竹筐中，静待买家挑选。一根根豌豆角，带着晨露，水灵灵的，绿得像翡翠，月牙儿一样好看。

识字不多的妈妈说豌豆特别好种，不占地，在土坎边上，用锄头浅浅地掏一个小窝，撒上几粒豌豆种，再用一点薄薄的土盖上，不需要施肥，也没有什么病虫害，耐旱耐涝，生存能力比一般的农作物强。十一月种下，四月只管收就行了。

豌豆丰收了，妈妈做的豌豆腊肉饭便成了春天不可或缺的美味。

城郊开荒种出的豌豆还没有成熟，妈妈也会到菜市场买上几斤，让我们早早品尝到盼望已久的豌豆腊肉饭。

因为对豌豆腊肉饭有所期盼，便觉得做饭的过程也充满美感。妈妈静静地坐在小方凳上，从塑料袋中拾起一根根豌豆角，掐掉两头，轻轻一拉，将两边的筋抽出来。那些抽掉筋的豌豆角在小盆中越积越多，像一个个梳妆打扮好的姑娘，排着队等着上台咿咿呀呀地唱戏。妈妈这个"导演"可一点儿也不着急。豌豆角掐完，她起身进入厨房，将锅中七分熟的饭起锅在筲箕中滤去米汤待用，再用干净的铁锅煎好热油。她让腊肉丁和姜末先出场，腊肉和姜末一混合，在热油中炒出香后，那种时光烘烤的味道便漫延开来。这时终于轮到娇滴滴的豌豆角出场了。带着春天滋味的新鲜豌豆角和带着喜庆味道的腊肉丁相逢，仿佛一场热闹的大戏拉开了序幕。这场大戏不需要浓墨重彩，不需要敲锣打鼓，仅仅需要少量的盐和洁净的水，再将滤好的饭倒入锅中，便足以让舞台效果达到最佳。

微火烘焙至水干后关火，揭开锅盖的一刹那，金黄的腊肉丁和翡翠似的豌豆角点缀在珍珠样的粒粒白米中，香味扑鼻，它是山野清香和人间烟火的完美结合，不需要别的菜，自成平民的盛宴。它是一道辞旧迎新、春满人间的美味。山野的清香和人间的烟火搭配在一起，让人不由得赞叹，进而满心感激地大快朵颐。盛一碗三下五除二吃完，意犹未尽，这时你忘了减肥，不由自主地会再去盛一碗。

世间美食万千，为何独钟情于豌豆腊肉饭？或许还是源于豌豆和腊肉的秉性吧。豌豆在那种至简之地种植和生长，因为至简，方成至美；而腊肉，凝聚了火与烟，阳光与风，时间与人情的味道，那是用心烘烤的味道，它和豌豆的组合，是人间和天堂的联姻，是烟火中写出的诗。

简单的豌豆腊肉饭，唇齿流香间吃出了欢乐清新的气氛，让人觉得和暖清新的春就在身边，让人觉得人声鼎沸中的现世安好就在身边。

烟熏味

古语云，"民以食为天"，有着几千年历史的中国孕育出了灿烂的中华美食文化，让中国人乐在其中，那是打上了中国标签的味道，那是属于中国人特有的味道。

其中一味常见于冬日，弥漫于街头巷尾，悬挂于灶后炉前，风干于阳台厨房，张扬于超市货架，默然于路边小摊。它的味道随处可见，随处可听，随处可嗅。

不信，你走上街头，或者走入乡村的任意一户农家。

且不说街上飘香了。"莫笑农家腊酒浑，丰年留客足鸡豚"，倘若走进山野，到哪一户农家做客，吃饭时间，热情好客的主妇定会将一大碗或一大盘色香味俱佳的美食端上餐桌。那一刻，你恍然而又欣然——烟熏味！烟熏的腊味，那金黄中夹着丝丝缕缕吉祥喜庆的红，正是农家人对你至尊至隆的欢迎。

时光倒回去几十年，回到我贫瘠的童年，那时不要说吃肉，就连基本的填饱肚子的需求都不能解决，只能靠野菜、薯类充饥。孔子说三月不知肉味，我们那时是饥肠辘辘，一年不知肉味。必得到过年时，吃年夜饭才能饱饱地吃上一顿，然后肚子撑得不能动弹。那种过饱后的难受劲儿，比饥饿时尤甚。但常常处于饥饿状态，哪儿能抵制美食的诱惑？每有好吃的机会，总是吃到仿佛打一个饱嗝吞下肚的食物会窜到口中才肯罢休。

饥饿的记忆早已远去。偶尔唤起，对比当下拥有的一切，便充满了无限感恩。

冬月后腊月临，常听到谁家灌了多少香肠，熏了多少腊肉；谁家煮上一根香肠、一点蔬菜，再吃一点水果，便有荤有素，不缺蛋白质，不缺维生素；谁家喜欢腊肉炒着吃，谁家喜欢蒸着吃，谁家不喜欢将香肠切片，觉得不过瘾，喜欢整根儿地拿着吃，便觉得如今人们的生活是唱着歌过的，风格不同，但处处是美妙的旋律。生活又像铺天盖地洒下的阳光，到处是红彤彤、暖洋洋的。

烟熏味是独特的中国味，它有着接地气的乡土气息。烟熏味的背后，是农家人春生夏长、秋收冬藏顺应节气的勤劳，是乡村振兴、衣食不缺、肉类充盈的富足，是养猪人食之不尽、满足他人的喜悦，是城市人年底岁末的一种购买需求和餐桌上的日常。

烟熏味不仅有着浓郁的香味，让你口角垂涎，它还有着爱的温度，那温度让你品尝出生活的甘甜与喜悦。它的口感叫迷人，它的色彩叫喜庆。

一碗面条

接种新冠疫苗，周末加班，回家时已过饭点成了常态。刚入家门，儿子即嚷饿了，我提议外出随便吃点啥，儿子又不愿意出门。于是征询意见后采取最简单、最快捷的烹调方式——煮面条。

雪白的面条中加入几片翠绿的蔬菜，热气腾腾地端上餐桌，白中飘着几丝绿，便把冬之静谧和春之盎然浓缩于一碗。单是看着，袅娜着热气的面条便给人以温暖和饱足感，蔬菜的清香勾引着手拿起筷子，佐料的味道则刺激着唾液的分泌。

儿子习惯性地挑出一本书摆在面碗的左侧，一边翻看着书本一边开始吃面条，仿佛那些故事、图片和文字才是每餐必备的佐料。

一边吃饭一边看书的危害早就不用我说了，喜欢看闲书的儿子小学时即知道。每当批评他，他振振有词地回话："不就是影响胃肠的消化和对营养物的吸收吗？王安石就一边吃饭一边看书，他都做到了宰相，还是著名的文学家，说明人的身体是不需要那么多食物和营养的。"强词夺理加屡教不改，我的耐心和时间有限，道家无为而治思想让我对其听之任之，并对自己的不作为渐渐心安。

专注方得真味，不专注的儿子动了几筷子即说我精心烹调的面条难吃死了。这样一碗色香味俱佳的美味摆在面前，他却全然否定，简直是指黑为白、指鹿为马，完全是对我厨艺的诋毁。

不由自主地想起小时候和三哥争吃一碗面条的事。

那时国贫家穷，温饱难继。各家常以园蔬、红薯、玉米充饥，面条是稀罕食物，需要到集市上用农产品交换，或者卖掉一些农产品再买回一二斤面条，大人舍不得吃，偶尔煮一顿给小孩子解馋，一年难得吃上两次。

三哥生日那天，妈妈给他煮了一碗面条。三哥得意地端着碗向我炫耀，我眼巴巴地看着，追逐着，哭嚷着也要吃。然而并不是我的生日，我没有吃面条的特权。妈妈也不会因为我的哭闹强迫三哥分给我一点儿，顶多是笑着嗔责一句，不当一回事儿。我只能凭一己之力试图追到，用哭闹博得三哥的同情，盼着他分给我一口。然而三哥识破了我的计谋，不为所动，反而停下来，在面碗中吐上少许唾沫，反正入口后也是混着唾沫咽下，现在不过是让一点儿他自个儿的唾沫提前和面条混合而已。这一狠招儿止住了我的哭闹，三哥坐下来安心地享受着他的面条。

这个故事对儿子没用，衣食无忧中成长起来的儿子想象不到彼时面条的珍贵，富足限制了他对贫穷的想象，温饱束缚他关于饥寒的思维，上一代的经历对他而言不过是出生前的漫长的黑暗甬道，他不愿意穿越去感悟。

于是我提到非洲，提到非洲普遍存在的贫瘠与荒凉，提到非洲那些因营养不良患病、得不到及时治疗而死亡的儿童。

你的习以为常可能是他人的难以企及，你弃之若敝履可能被他人视若珍宝。

一粥一饭，当思来之不易，半丝半缕，恒念物力之维艰。

在我的絮叨中，儿子终于吃完了那一碗他认为非常难吃的面条。

240

又是一年黄豆熟

豆花和腊肉被誉为平民的盛宴。

农村每有客人来访，热心的女主人总是不嫌麻烦，以豆花、腊肉、园中蔬菜盛情款待。

或许自小在农村长大，味蕾保留了小时候的记忆，离开农村二十多年，老家的豆花依然是我深爱的美味。

老家的豆花和城里卖的豆花口感上有着明显的区别。或许是制作过程、黄豆品质、水源等不同造成了这种差异，当然火候的掌握，胆水的量，点胆水的方式说不定也是影响因素。

谁说得清呢？中餐烹饪时习惯加入少许或者适量调料，但不像西餐那样标明具体的计量单位。少许、适量，这样的模糊词汇足以让同一个厨师在不同日子烹饪出来的味道出现差距，更何况不同地方、不同的人使用不同方法加工出来的豆花。

而我每次回老家，熟知我口味而又善解人意的婆婆总会提前泡好豆子。

但去年没有。来不及打电话告诉婆婆，我们便兴致勃勃地驱车回家。

怀着这种急迫的心情开车，车子的翼子板何时何地划伤了一概不知。直到在老家的黄桷树下，停车后我习惯性地看一眼车轮，才发现翼子板上新鲜的划痕。

来不及心疼，一心惦记着土地中黄澄澄的豆子。我们提了袋子直奔老屋边上的土地，分开黄蝴蝶一样煽动着翅膀的叶片，摘下一根根或苍绿或褐绿的豆荚。

摘了差不多半袋后回家，端一条小凳子坐在檐下的石阶上，剥开豆荚，饱满的豆子便一粒一粒滚落到盆中，有金玉之声。

新鲜的豆子不用泡，可以加少量水直接用石磨磨。磨碎的黄豆清香味格外浓郁，从转动的石磨下四溢开来，入鼻神清，足以让人忘记转动石磨的劳累。

打磨好的豆汁倒入锅中，一阵猛火煮沸，再将煮沸后的豆汁进行过滤，使豆渣和汁液分离。

妈妈和婆婆都是煮豆花的好手，煮出一锅好豆花似乎也是好媳妇的标志之一。我只能打下手，比如往灶中添柴，再如将"井"字形木架置于不锈钢大盆上，再将铺着白色纱布的筲箕放于架上，倒入煮沸的汁液时手拿着纱布的两头慢慢转动，以促进汁液的过滤。

点胆水是关键，妈妈和婆婆都不让我瞎掺和，似乎她们在化腐朽为神奇，我在化神奇为腐朽。

不让就不让吧，我只关心新鲜的豆花出炉，热气腾腾地摆在桌子上，继而大快朵颐。每到那时，我总是安慰自己，吃饱了才有力气减肥。

又到了黄豆成熟的季节，我似乎看到老屋旁的黄豆正向我招手，而豆花的滑嫩爽口、清香怡人陡然令我口齿生津。

又是一年黄豆熟，我听到了年年不变的爱的召唤。

去乡下吃"刨猪汤"

　　农历冬至前后，杀年猪、备年货，邀朋呼友吃"刨猪汤"，把酒叙情庆祝一年的辛劳丰收，祈福来年平安顺遂，这种农村的民俗逐渐成为一种时尚。每到年底，城里的餐馆厅堂也开始推出"刨猪汤"宴席。

　　然而，吃"刨猪汤"，还是要到乡下。

　　在乡下吃"刨猪汤"，才有满满的仪式感。乡下人家的猪是年初精选的小猪仔。一年细心耐心地喂养，吃掉了无数绿色环保的饲料——猪草、红薯、玉米等，寄予了主人三百多个日子的期盼，到了年底，才有了百斤以上的绿色猪肉。乡下人家的院坝，只要你愿意，便可以全程围观并参与杀猪。你揪尾巴，我抓耳朵，他推猪屁股。在早已烧沸的一锅水前，杀猪匠以一刀封喉的绝技结束猪的一生。围坐享用时，会真切地感悟到猪的生命喂养着我们的生命，猪的血肉化作我们的血肉，感受到生命与生命神圣交接中的悲壮与伟大。于是，举杯把盏时，每一口吞咽都是对勤劳而热情的主人的感恩，举箸品尝时，每一次咀嚼都是对无私而又悲壮的猪的致敬。

在乡下吃"刨猪汤",才有十足的鲜活味。土灶活火,犹带清露的蒜苗、青椒、蔬菜,这些只有在乡下才伸手可得。柴火在土灶中熊熊燃烧,像不断吐出的蛇信子舔着锅底。火旺锅红,肥瘦适宜、刀工厚薄均匀的肉中加入切成段的蒜苗,切成片的青椒,金黄油亮中青白分明,仿佛素颜的女子,年方二八,正值妙龄,碧衣下露出如凝脂般的肤、如柔夷般的手,十分赏心悦目,看着竟舍不得吃了。然而翻炒之下,刚从菜园子摘来的清香和初熟的肉香混合,肥而不腻,香而不杂。香味入鼻,丝丝缕缕地挑逗着味蕾,由不得炒菜的师傅不拿起筷子,美其名曰试味。急火爆炒,色鲜味正,热气腾腾地端上饭桌,试问尝遍百味的厨师都不能抵挡的诱惑,你我凡人又如何能端坐而不乱于心,不动于味,不举箸饕餮? 正是"自笑平生为口忙,花猪肉味扑帘香。松柴活火快先尝"。

萝卜还沾着泥、浸着霜呢,从土地中拔出几个,去泥削皮后便有了清水出芙蓉的颜值。它饱满的汁液如同饱满的热情,柴火做媒,与排骨深情相拥后,便演绎出一段荡气回肠的爱情故事,于是就有了恰到好处的味儿,盛一匙刚刚好的味儿入口,让人不由得沉浸在暖心暖胃的爱中。

血旺汤也是必不可少的。新鲜的猪血,配上新鲜的白菜,讲究的就是新鲜二字,胡椒粉和葱花的适宜搭配,是经验,也是技术,烹制而成的味儿便恰到好处,增一分太浓,减一分太淡,竟惹得满座争相品尝。当然还有火旺起锅,一气呵成的炒猪肝,你只能惊叹怎一个鲜嫩了得。

不仅菜品是鲜活的,围坐院坝共享"刨猪汤"盛宴的聊天畅谈也是鲜活的。蓝天白云之下,田野的自然气息中,话语间没有高堂华屋的拘束,说出的每一句话、每一个字都带着泥土气息,欢笑声像野菊一样艳艳地随处绽放。

乡下吃"刨猪汤",好客大方的主人没准儿还会送人一刀肉,寓意带福同行、喜乐与共。于是在其乐融融的畅谈之后,不仅酒醉饭饱、心满意足，还满载而归。

如今，吃"刨猪汤"，已升级成为一种时尚健康又稳重低调的饮食文化。

然而，只有到了乡下，吃一顿仪式感和鲜活味十足的"刨猪汤"，在内容和形式的完美结合里，在传承历史文化和体验乡村风情中，才能恰到好处地还原儿时的感觉，才能妥帖地安放现代人的乡愁。

柿子正当时

"墙头累累柿子黄，人家秋获争登场。"

在城里居住见不到墙头柿子悬挂的情形，但下班步行回家，经常瞥见从农村背入小城的柿子，随意地摆在铺着塑料薄膜的人行道旁兜售，或者是背篼装着兜售，提醒着我，秋实累累，柿子正当时。

那天，在一棵桂花树下，我看到蹲着的农村大妈边上放着一个背篼，空空的，前面铺着的塑料薄膜上零散地摆放着不多的柿子。应该是背来的卖得差不多了，剩下最后一点儿，不到十斤吧。大妈一副卖完了好回家的表情。

已经有一位爷爷走近地摊，躬下身子问价。大妈回答每斤四元，爷爷重复着三元，大妈提高声量说四元，爷爷仍然大声重复着三元。这样反复几次，急着卖完回家的大妈妥协了，问爷爷能不能买完，买完就是每斤三元。或许真的是耳朵不好使，或许是一种砍价的策略，爷爷依旧一边高声重复着三元，一边去挑选柿子，说给孙子买几个吃。看样子并没有打算全部买完。大妈不依，说要买完才是三元，不买完的话三元的价格不卖。平心而论，像小灯笼一样的柿子，红彤彤的，个头不算小，都说霜打的柿子甜，已是霜降后好几天了，味道应该不错，三元一斤的价格并不高。我蹲下身子，打着圆场，说自己和爷爷一起买完。大妈这才给我们一人拿出一个塑料袋。然而挑选着柿子的爷爷出乎意料地跟大妈重新强调："二元五一斤哟。"大妈耐心地回答："三元。"爷爷仍然重复着二元五。边上看的人不耐烦了，告诉爷爷"大妈说的是三元"。爷爷不知道是不是没有听到，仍然固执地重复着二元五一斤。直到大妈称完秤，爷爷仍然一边嚷着二元五，一边按照二元五一斤的价格数完他掏出的纸币，递给大妈。大妈清点后伸手向爷爷要不足的钱，爷爷迅速把我未捡完的柿子装入他已经称好的袋中，这才补上了差额。

之后几天，买回家的柿子成了我的零食。想起来便拿出一个，揭开柿柄，就像揭开蜜罐的盖子，再轻轻地剥去薄薄的外皮，软软的瓤像糖稀，送入口中，唤起儿时的回忆。

老屋旁边有一棵柿子树，没有经过刻意修剪，柿子树便长得有些高。每当暮秋时节，柿叶落尽，一个个红红的柿子在枝头高挂着，秋日下有一种敞亮而诱人的美。我们这帮孩子在树下仰望而不得，馋得直流口水。有时用长长的竹竿打下几个，但熟透的柿子砸在地上，早已粉身碎骨，勉强捡一点残骸舔两下，总是意犹未尽。白居易诗中写"岳家冲里柿如丹，高挂枝头惹嘴馋。有幸摘来咬半口，明年今日味犹甘"，显然他比小时候的我幸运，至少偶尔可以摘到一个完整的柿子来品尝，那甘美的味道仿佛一年过后依然在口腔中弥漫。许是少而难得，那童年的柿子滋味穿过漫长的岁月，至今仍在我舌尖缱绻。

然而离开村庄很多年了，无人居住的老屋早已颓圮。年年春节回去上坟看见它，似乎长得更高了，在冬的余寒中萧萧而立。光光的枝头偶尔见到干瘪或被鸟雀啄过的柿子，像一具具不完整的尸体在风中飘摇。

想着柿子树年年开花，年年结果，想着柿子"晓连星影出，晚带日光悬"，想着它没人采摘，心中有一种说不出的滋味。柿子树替远去的我们守候着老屋，成熟的柿子因为村庄的日渐空无而无人问津，寂寞地度过一生，最后留得残尸在枝头，这是刘禹锡所言柿子"翻自保天年"的幸，还是它的不幸？

　　想起这些，我便对买回的几斤柿子倍加珍惜和怜爱，仿佛只有用心品尝每一口，才不至辜负渐行渐远的村庄。柿子和它的主人替我们这些"城里人"守着我们的根，主人把它们送到我手里，也算给它的一生画上一个完美的句号。

打盹儿

饕餮完一大碗羊肉米线后回家，急需一点水果消除口腔中残存的油腻感，却发现冰箱空空如也。羊肉米线在肠胃里的消化和吸收让我脑部供血减少，倦意袭来，躺在床上却又心有所想，无法小寐。

午后的秋阳炙热，像一根粗大的绳，绊住我远行的足，但不妨碍我到就近的超市购物。

转身。关门。买回水果，却发现我将自己锁在了家门外。

打救援电话，上着班的老公无法分身。即将跨入耄耋之年的老爸正和两三个老朋友借着超市的一方清凉打牌，喧闹加上耳背，数个电话打去如小石子沉入深不见底的海。收拾完碗筷的老妈正歪斜在旧沙发上打盹儿，像钟表一样度过她半日的时光。电话吵醒了也没用，我家的钥匙早在数年前被她弄丢了。

幸而谁家弃置不用的沙发被人移至回廊僻静的一角，它空空地等着安放我困倦而无处安放的午后光阴。

像老妈那样躺下，安然地闭上眼睛。通常这是一个无人打扰的角落，而且，这也在一段无人打扰的时间里。

风穿过山野，穿过繁忙的大道，穿过高楼，轻巧地绕过梁和柱子，来到我跟前，轻拍着我。奔驰的车声越过高速路，麻将声翻越几堵墙，鸟儿在茂密而疲倦的枝叶间偶尔喞啾一两声，一切仿佛都是刻意为我哼唱着的催眠曲。

不知道老妈打盹儿的时候会不会有梦，或者只是一片混沌和空蒙？或许午后打盹儿是她整个上午劳作后摁下的暂停键，在暂停键中修复一上午的身体，以便下午能够精力旺盛地继续侍弄那一片土地，像伺候未曾长大的儿孙。

牛顿坐在苹果树下，被成熟的苹果砸中，不知道躲闪，是不是刚好在打盹儿？被苹果砸醒，砸出了地球万有引力定律。

亚当夏娃偷吃善恶智慧之树上那枚鲜艳的果子时，全能的上帝是不是刚好在打盹儿，于是才有了人类繁衍不息？

那些打牌的、打麻将的，也算是另一种形式的打盹儿吧？像烈日下知了的鸣叫，像下雨前青蛙的鼓腹。他们借用声音安放自己的身心和悲喜。

每个人都有打盹儿的时候，每个人都需要打盹儿，每个人打盹儿的方式各异，正如每个人安放自己的方式有别。像日月的交替，像夕阳西下时的霞彩满天，像冥想者的禅定，像我在弃置沙发上似睡非睡度过的这样一个午后。

打个盹儿吧，当身后的一扇门关上，说不定，醒来，已有几扇窗子打开。

另眼看沙溪

一

　　暮春三月，没有初春的料峭，没有盛夏的酷热，太阳在厚厚的云层后躲猫猫，不冷不热，再适合踏青不过了。早就想着到沙溪公园走走。适逢周末，儿子在小朋友和妈妈之间，通常选择小朋友。一个人，想着还是不要辜负了三月的春光，不要辜负朝九晚五、按部就班五天连续的工作换来的一个休息日，于是决定即便没人陪着，也到沙溪公园的滨河路走走。

　　站在书香名都外侧的菜园旁，我犹豫着走哪一条路。我的目的地是打造好的、绿化设施完善的沙溪公园。

　　石头上抽烟的爷爷说："河对面的毛坯路已经铺得比较平整了，直达沙溪公园，可以下去走那条。"想着自己刚上过油的高帮靴子，看了一眼通往河边的那条陡坡，视线再转移到爷爷说的毛坯路上，亮闪闪的好像有水坑。我迟疑着说："毛坯路上好像有水，怕滑。"爷爷从口中取出烟，一只手拿着，一只手向下指着对面，热切地解释："没有水啊，水在下面河中的嘛，路在河上，你看看，干的。"

爷爷的热情促成了我的选择。

其实这条毛坯路已经属于沙溪公园的滨河路了。泥土和碎石铺成的毛坯路比较宽，有工地车断断续续地经过。多是大卡车，偶有皮卡车，有的卸了原料空着，有的拉着满满的石头、水泥类建筑物。最多的还是铲车，满满的一铲泥或石头，开着转一个圈，从有多余泥石的地方铲起填充到需要泥石的地方。开车的司机都很年轻，二十多岁的样子，双手置于方向盘上，专注地开着车。我经过时，也回望我一眼。路旁及坡上隔一小段便有三五成群的工人在劳作。年龄在三十岁到七十岁，基本都是男人。他们大多叼着烟，或一手夹着烟，边劳作边抽一口，深深地吸入，深深地吐出。我经过时，他们多会抬头看我一眼，并不停止手中的工作。眼神中有的带着善意的微笑；有的漠然，没有一丝表情；有的透出一点儿敌视；有的偷偷瞄我一眼便低头干活，似乎并不喜欢我注意到他。他们都脱下了冬天的厚袍，穿着夹衣，胶鞋，身上、脸上到处是尘污，这些并不妨碍他们把一块块的条石砌得整齐，也不妨碍他们一铲铲把碎石铲到机器中磨细，也不影响他们把刚移植的李子树修剪得好看。

静默地走着，偶尔听到他们劳作中的打趣声。我突然为自己锃亮的靴子、脱下斜搭在手弯中干净的外套，甚至双肩背的休闲包不安起来，为我昨日不明原因的情绪低落而隐隐羞愧起来，为上周六蜷缩在几平方米的卧室中、像一只困兽一样烦躁而渐渐自责起来。同在一片蓝天下，同属于一撇一捺写成的人，我有什么理由认为自己每周既定的休息日是那么理所当然？走在他们汗水铺成的路上，我又是凭借什么可以心安理得？辛苦劳作如他们，没有闲暇像我一样为小事纠结的烦恼。他们专注地工作，专注地吃饭、睡觉，专注地生活，保持清简的内心，自然获得了身体和心灵的淡定和安然。

不知哪位哲人说过，一切烦恼都是自寻烦恼。我果然是太闲了。独自走在长长的毛坯路上，在没有周末、不停劳作的工人另眼相望中，在机器的轰鸣声中，在尘土飞扬中，浮躁的心逐渐静下来了。

二

长长的毛坯路走完，又走了一段未完全干透的水泥路，就到了沙溪公园的中心。不同于毛坯路少有闲人，这儿到处是人，或坐，或站，或慢行，或拍照，或闲聊，或凝望，或放风筝，或打羽毛球，或跳绳。有蹒跚的老人，有学步的幼儿，有攀爬的稚子，有妙龄的女子，有阳光的少年，有中青年夫妇，有热恋中的情人，他们身着各色衣服，人人面带笑容，个个满面春光。好一副春天的盛景！

一座人行天桥如一道彩虹连接着城市和公园。人在桥上缓缓地走着，水在桥下流淌，偶尔露出一块冲刷得白而干净的石头，有"清泉石上流"的味道。公园中种了许多修成球形的桂花树，美其名曰"桂花球"。桂花树下都是绿毯式的草坪。花草树木在潮湿的泥土中散发着清新的香味。虽然还没到桂花飘香的季节，置身于这无边的春色中，我已经深深地陶醉于一些细小的诗意设计中。草坪上立着的公厕指示牌是一只展翅欲飞的彩色蝴蝶，稍行几步又会看见呈小鸭型或花朵样的告示牌，上面有"足下留情，春意更浓"的温馨告示。一个大约只有三岁的小孩蹦蹦跳跳地走近，专注地盯着看了一会儿，然后指着牌子用非常稚嫩可爱的童音认真地念道："我爱小草。"我忍俊不禁，还有谁能比这个小孩更准确地诠释出这告示牌的含义呢？

似乎是为了印证我的想法，一名女子款款地走进草坪，站到桂花树的后面，旁若无人地摆了一个很夸张的姿势，准备同桂花树一起自拍。公园的保安在高处看到了，便客气地大声说："妹儿，你拍照就在外面，不要走进去弄坏了草坪。"女子依旧投入地摆拍，没注意到周围射来的目光及高处保安的声音。保安只好再次重复着劝止。女子还是沉浸在自己和周围的美色中。直到身旁的好心人提醒，才终于从自我陶醉中醒过来，一边走出草坪，一边慢慢地变了脸色。姣好的容貌一点点被愠怒所撕裂。她以保安啰唆和自己耳聋为由成功地把错误转移到可怜的保安身上，快速的字句如雨点般劈头盖脸地朝可怜的保安泼去。保安毫无还口之力，最后在众人的劝说中女子才总算停止。

在无声的慨叹中我上了几道石阶，半坡上用不同颜色的花草拼成的大大的"沙溪公园"几个字很是醒目。再上几道石阶，穿过小小的广场，往右行数步，便进入冬青围成的迷宫。

冬青被修剪得大约一点五米高。迷宫呈正方形，弯来绕去，不注意观察容易返回原路，抬头一直注视前方当然也不会走错路。只是绿色植物高过小孩，小孩穿行其间看不到出口，难免走着走着回到了原路。

我注意到，有几条拐角处的相邻冬青被人为地分开了，下面的泥土也被踩得很硬。估计是走迷宫的孩子迷路了，急于走出迷宫而强行分开的吧。它们原本一株一株紧紧地抱在一起，像一个和睦的大家庭，分开的地方看起来仿佛两个闹别扭的孩子，各自背过身去，噘着嘴，谁也不理谁，给人突兀的感觉。他们什么时候重归于好呢？看着这些仰着的、泛着绿光的小脑袋，真想当个和事佬。

不过心下又暗想，其实这世上是不需要和事佬的。花草树木在我们身边自在地出土、萌芽、开花，没有夭折的恐惧；我们轻轻地走路，温和地呼吸，怜惜每一株小草，小心地不敢碰着它，怕它痛。我们听从春天的邀约，沐浴于春光，听花开、看鸟飞，与这些生动而实在的美丽共赴一场浪漫的约会。这样的约会哪里还需要和事佬呢？

三

公园的尽头，碰到一对母女——年轻的妈妈和一个七八岁的女儿。

然而妈妈不是妈妈，而是一个规矩地背着双手、听着老师口令行走的小学生。女儿却是一个严肃而调皮的老师。她一边倒退着喊着"一二一，立定"的口令，一边盯着自己的学生。调皮的老师喊了立定后独自跑得远远的，留下学生呆呆地原地不动，露出似乎稍有不规范便可能遭受责罚的怯生生样儿。小老师回头看着这个认真而胆怯的学生，忍不住哈哈大笑。学生又露出想笑而不敢笑的表情。

人生如戏，戏说人生，看着演技精湛的妈妈，莞尔之余，我似有所悟。一个小小的游戏，一次角色的转换，我分明看到了年轻妈妈对孩子的那颗温柔的心，不经意间感受到生活的美好如此真切。

我知道，是爱，让她生出这样一颗柔软的心；是爱，让她温柔地对待孩子、对待生活、对待这个世界；是爱，使她如莲花的花瓣，温柔地伸展。

自诩强大的人类如果能够处在弱势者的境地，想着无论是小孩，还是花草树木，都一样渴求着一份爱，或许人人都会生出一颗温柔的心。

温柔的爱，生命的美好，或许应该从角色转换开始。